# 조선남자
## 朝鮮男子
### -천능의 주인-

# 조선남자 6권

초판1쇄 펴냄 | 2020년 03월 23일

지은이 | K.석우
발행인 | 성열관

펴낸곳 | 어울림 출판사
출판등록 / 2009년 1월 23일 제 2015-000062호
주소 / 경기도 고양시 일산동구 무궁화로 43-55, 801호 (장항동, 성우사카르타워)
TEL / 031-919-0122
FAX / 031-919-0127
E-mail / 5ullim@hanmail.net

ⓒ2020 K.석우
값 8,000원

ISBN 978-89-992-6399-6 (04810)
ISBN 978-89-992-6190-9 (SET)

6

K.석우 현대판타지 장편소설

# 조선남자

## 朝鮮男子

### -천능의 주인-

어울림

# 조선남자

## 朝鮮男子

-천능의 주인-

# 목차

필독

본문에 등장하는 의학용어는 가급적 현재 의학용어에 맞게 사용할 예정입니다.

다만 의료상황이나 응급상황을 묘사함은 현실의 의료상황이나 응급상황과는 다른 작가의 작품구성 상 필요에 의해 창작되었음을 알려드립니다.

또한 본문에서 언급하는 지역과 인간관계, 범죄행위, 법과 현 시대의 묘사는 현실과 관계없는 허구임을 밝힙니다.

# 조선남자

## 朝鮮男子

### -천능의 주인-

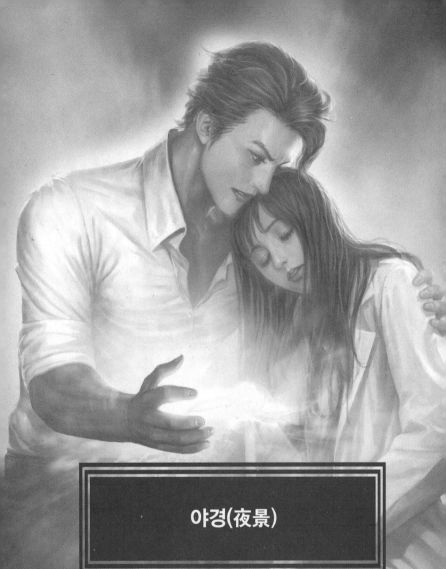

야경(夜景)

빠득──

윤수경의 입에서 이를 가는 소리가 들려왔다.

여우같은 계집에게 자신의 아들이 당했는데도 아무런 조처도 할 수 없다는 것에 참을 수 없는 화가 치밀어 올랐다.

뒤에 나타난 중년남자는 자신이 알고 있는 중앙지검의 장성영 검사보다 직책이 높은 사람이라는 것을 단번에 간파했다.

장성영 검사를 마치 부하 직원처럼 호칭하는 것을 보고 눈치를 챈 윤수경이었다.

윤수경이 윤경민 부장검사와 함께 서 있는 한서영을 노

려보듯 쏘아보았다.

할 수만 있다면 머리털을 모조리 쥐어 뜯어놓고 싶을 정도로 얄미웠지만 한서영의 옆에 부드러운 표정을 짓고 서 있는 윤경민 부장검사로 인해서 어찌할 수가 없었다.

윤수경의 옆에 서 있던 안진섭이 낮은 목소리로 입을 열었다.

"오늘은 이만 돌아가는 것이 좋을 것 같습니다 누님!"

안진섭의 말에 윤수경이 입술을 꼭 깨물었다.

깨물어진 윤수경의 입술이 하얗게 변했다.

조금만 더 힘을 준다면 살점이 터져나갈 정도로 꽉 깨물었다는 것이 느껴질 정도였다.

"내가 이 치욕을 당하고 그냥 물러서야 한다고?"

윤수경의 목소리가 가늘게 떨리고 있었다.

그것은 윤수경이 자제하기 힘들 정도로 화가 났다는 것을 의미했다.

지금까지 살아오면서 자신이 원하는 것을 뺏겨본 적이 없었고, 자신에게 항거하거나 대항하던 사람들을 무력하게 놓아준 기억이 없는 윤수경이다.

무엇이든 자신이 원하면 가져야 했고, 자신에게 대항하거나 자신의 권위(?)를 건드리는 대상은 아예 두 번 다시 항거할 생각을 할 수 없을 정도로 철저하게 응징했다.

또한 자신의 아들인 서동혁을 건드리게 되면 그것이 남자이든 여자이든 가리지 않고 철저하게 굴복을 시켜놓아

야 직성이 풀렸다.

그런 윤수경에게 아무것도 할 수 없는 지금의 처지는 그녀가 견딜 수 없을 정도로 모멸감을 느끼게 만들었다.

윤수경이 잠시 한서영을 노려보다가 다시 한서영의 앞으로 걸어갔다.

윤수경이 다가서자 한서영과 김동하와 함께 대화를 하고 있던 윤경민 부장검사가 얼굴을 굳혔다.

윤수경의 성격이 사람을 해치는 것에 전혀 망설임이 없는 여자라는 것은 윤경민 부장검사도 좀 전의 상황으로 이미 짐작하고 있었다.

윤경민 부장검사가 차가운 얼굴로 다가서는 윤수경을 보며 입을 열었다.

"더 할 말이 있는 거요? 억울하거나 분한 것이 있다면 내일 그쪽이 말한 장성영 검사와 함께 나를 찾아오면 됩니다. 참고로 난 중앙지검 특수2부의 부장검사 윤경민이라고 하니까 장성영 검사가 잘 알고 있을 겁니다."

윤경민 부장검사가 자신의 직위를 밝히자 윤수경이 살짝 놀란 얼굴로 바라보았다.

자신이 생각했던 것보다 훨씬 더 큰 권력을 쥐고 있는 사람이라는 살짝 놀란 표정이었다.

하지만 이내 머리를 흔들었다.

"그쪽에게 볼일이 있는 것은 아니에요."

윤수경의 눈이 한서영에게 향했다.

그런 윤수경을 본 윤경민 부장검사가 혀를 찼다.

"쯧! 여전히 상대를 잘못 고르는군 그래."

낮게 말하는 윤경민 부장검사의 눈이 김동하를 바라보았다.

김동하의 비밀을 너무나 잘 알고 있는 윤경민 부장검사였다.

만약 김동하가 조금이라도 윤수경에게 나쁜 마음을 먹는다면 윤수경으로서는 땅을 치며 후회할 일이 벌어지게 될 것이다.

하지만 김동하는 담담한 얼굴이었다.

김동하는 윤수경이 한서영에게 다가서는 것을 보며 잠자코 지켜보고 있었다.

그런 김동하의 무량기에 윤수경의 기질에서 흘러나오는 너무나 사악한 기운이 걸려들었다.

만약 자신이 이곳에 없었다면 한서영은 아마 윤수경의 독사 같은 악심을 감당하기 힘들었을 것이라고 생각했다.

김동하는 자신이 아까 윤수경의 손을 잡았을 때 그녀의 몸에서 천명을 회수한 것이 합당하다는 생각이 들었다.

윤수경이 한서영을 쏘아보며 입을 열었다.

"아까 의사라고 들었어. 어디 병원인지 물어도 될까?"

한서영이 사악한 눈초리로 자신을 쏘아보는 윤수경을 보며 이마를 찌푸렸다.

"병원까지 찾아와서 따져볼 생각인가요?"

한서영은 자신에게 손찌검을 하고 김동하에게도 달려들던 윤수경의 패악질을 본 이후, 그녀라면 자신이 근무하는 병원을 찾아와 병원전체를 발칵 뒤집어 놓을 정도로 모진 마음을 품을 수도 있다고 생각했다.

윤수경이 차가운 얼굴로 대답했다.

"그럴지도 모르지. 난 천금 같은 내 아들에게 손을 댄 인간은 그냥 내버려 둔 적이 지금까지 단 한 번도 없었다는 것을 알아야 할 거야. 네가 근무하는 병원이 어딘지 알려주지 않아도 상관없어. 아예 네년이 뒤로 호박씨 까고 있는 것까지 모두 들춰내어서 조사해볼 생각이니까."

윤수경이 머리를 흔들었다.

"아무런 이유도 없이 길가는 여자를 희롱하다 못해 장난삼아 다치게 하려하고, 심지어는 사귀던 여자를 때려서 병원에 입원시켜놓기까지 한 저런 쓰레기가 왜 망나니가 되었는지 알겠네요."

한서영은 김동하로부터 서동혁이 사귀던 여자를 구타해서 병원에 입원시켰다는 말도 들었기에 내키는 대로 모두 쏟아냈다.

한서영의 기준으로는 남자로서 여자를 때리는 인간은 그 이유가 정당하다고 해도 절대로 용서할 수 없는 파렴치하고 나약한 벌레 같은 존재라 생각했다.

더구나 사귀던 여자를 때려 병원에 입원시킬 정도라면 상대할 가치가 없는 존재였다.

윤수경의 얼굴이 굳어졌다.

"뭐야?"

한서영이 얼음장 같은 목소리로 입을 열었다.

"당신처럼 예의 없고 무례하며 이기적인 여자가 저자식의 엄마라면 그럴 만도 하다는 생각이 들었어요. 자신이 어떤 짓을 해도 그것을 정당하다고 옹호해 주는 엄마의 치마폭에서 벗어나지 못할 것이니까 말이에요. 내 말이 틀리나요?"

"이년이…….."

윤수경의 눈이 찢어질 듯 부릅떠졌다.

윤수경은 당장이라도 한서영의 머리칼을 휘어잡고 내동댕이치고 싶었지만 그럴 수 없는 것이 너무나 분했다.

짙은 검은색의 매니큐어를 바른 윤수경의 두 손이 꽉 쥐어진 채 부들부들 떨리고 있었다.

이 자리에 윤경민 부장검사가 없었다면 진즉에 그렇게 하고도 남았을 것이었다.

한서영이 싸늘한 얼굴로 윤수경을 바라보며 입을 열었다.

"내가 근무하는 병원을 알고 싶은가요? 그렇게 알고 싶다면 알려드리죠. 난 세영대학병원 내과병동에서 근무해요. 과연 어떻게 할지 기대가 되네요. 참고로 당신의 저 발정 난 멍청이 아들은 당분간 여자 근처에는 얼씬도 하지 못할 거예요. 그리고 또다시 이런 식으로 나를 만나게 된

다면 그때는 아마 영원히 여자의 근처에 접근조차 할 수
없게 만들어 버릴 테니 아들교육 잘 시켜야 할 거예요.”

윤수경이 부들부들 떨었다.

“이런 어린년이 감히 내가 누군지 알고…….”

한서영이 차가운 목소리로 대답했다.

“당신이 누군지 하나도 궁금하지 않아요. 보아하니 주체
할 수 없을 정도로 돈이 많아서 개망나니 같은 아들이 무
슨 짓을 해도 돈으로 해결하려는 이기적인 아줌마로 보이
긴 하네요.”

한서영의 독설은 차갑고 냉혹했다.

윤수경은 한서영에게 반박할 생각도 나지 않을 정도로
지금의 이 상황이 모욕적이고 분했다.

윤수경이 한서영을 쏘아보다가 물었다.

“이름이 뭔지 그것도 말해.”

한서영이 머리를 흔들었다.

“그건 내가 말해주기 싫네요. 당신 같은 사람과 저 벌레
같은 놈이 내 이름을 안다는 것 자체가 소름끼치게 싫으니
까요.”

빠드득.

윤수경이 견딜 수 없는 노기로 인해 다시 이를 갈았다.

한서영이 차가운 시선으로 윤수경을 쏘아보며 입을 열었
다.

“지금까지 아줌마의 눈에 세상이 어떻게 보였는지 모르

지만 아마 조만간 세상을 다른 눈으로 바라보게 될 거예요. 그리고 그것은 모두 아줌마가 스스로 만든 지옥으로 느껴질 거예요."

말을 마친 한서영이 몸을 휙 돌렸다.

두 번 상대하기 싫다는 몸으로의 표현이다.

윤수경이 이를 악물며 나직하게 중얼거렸다.

"네년이 가진 모든 것을 뺏을 테니까 각오해. 아마 그 의사 자리도 유지하기 힘들 거야. 내가 그렇게 만들어 줄 거니까 꼭 기다리고 있어라 이년아!"

윤수경의 말은 한서영의 귀에도 들렸지만 한서영은 전혀 반응하지 않았다.

더 이상 윤수경을 상대하기 싫은 한서영이었다.

독기 찬 눈과 살이 쪄서 푸들거리는 몸집을 비롯해 철판을 긁는 듯한 쇳소리가 섞인 목소리조차도 싫었기 때문이다.

윤수경이 차가운 얼굴로 한서영의 등을 쏘아보다가 조금 전까지 자신의 경호원으로 고용되어 있던 최동명과 김설형 그리고 이정학을 쏘아보았다.

"한심한 벌레 같은 놈들……."

경호원으로 고용되었다면 의뢰인의 신변을 지켜야 하고 의뢰인의 지시에 맹목적으로 순종해야 한다고 생각하고 있는 윤수경이다.

그런데 어이없게 변절을 선택한 최동명과 김설형 그리고

이정학은 윤수경에게 있어서 그야말로 멍청이 중의 멍청이고 구한말 일본에 나라를 팔아먹은 이완용보다 더 나쁜 역적이었다.

윤수경이 싸늘한 목소리로 입을 열었다.

"너희들을 고용한 의뢰인을 배신하고 경호업무를 망친 것은 너희들이니까 보수는 없어. 나쁜 놈들."

윤수경의 말에 한쪽에서 듣고 있던 이정학이 입을 열었다.

"그깟 몇 푼 되지도 않은 돈을 미끼로 하인처럼 부리는 작태도 이제 마지막이니 우리도 받을 생각 없수다 아줌마. 그리고 저 아들새끼 관리 좀 잘해야 할 거요. 저러다 언젠가는 진짜 임자 만날 수도 있을 테니까 말이오. 어디서 또 껄떡거리다가 진짜 꼭 나 같은 놈을 만나면 아마 그날이 제삿날이 될 수도 있을 발정 난 똥개새끼니까 말이요."

차갑게 말하는 이정학의 얼굴에 시원하다는 표정이 가득했다.

윤수경의 얼굴이 일그러졌다.

윤수경의 뒤에서 듣고 있던 안진섭의 얼굴도 와락 찌푸려졌다.

안진섭이 이정학을 쏘아보았다.

"두고 보자. 이대로 끝나지는 않을 거야."

안진섭이 모욕을 당해 부들거리고 있는 윤수경의 등을 팔로 감싸면서 이를 악물고 있었다.

이정학이 웃었다.

"두고 보는 것은 어렵지 않은데 아마 우리 형제를 잘못 건드리면 그 뒷감당은 제대로 각오해야 할 거야. 어쭙잖게 어설프게 건드렸다간 생지옥이 어떤 것인지 온몸으로 체감하게 될 테니까 말이다. 이 돼지랑 붙어먹는 매춘부 같은 새끼야. 너도 저기 주저앉아 있는 발정난 개자식과 똑같은 놈이야."

이정학의 말은 참으로 온몸이 얼어붙을 것 같이 서늘했다.

안진섭의 얼굴이 딱딱하게 굳어졌다.

윤수경을 경호하는 세 명의 경호원 실력은 이미 알고 있었다.

두고 보자는 말은 했지만 정작 무엇을 어떻게 할 힘도 없고 주변의 조력자도 없는 자신의 형편이다.

윤수경이 보고 있었기에 말을 그렇게 했을 뿐이었지만 돌아오는 응대는 온몸이 얼어붙을 것 같은 차가운 냉대였다.

안진섭과 함께 이정학의 말을 들은 윤수경의 얼굴이 시뻘겋게 달아올라 있었다.

자신과 안진섭의 관계를 경호원들이 어느 정도 눈치를 채고 있을 것이라고 짐작은 했지만 이런 식으로 노골적으로 안진섭에게 매춘부라는 말을 사용할 정도로 정확하게 알고 있을 것이라곤 짐작하지 못했다.

윤수경이 이정학을 노려보았다.

"감히 나한테 이러고도 무사할 것 같아?"

이정학이 흰 이를 드러내며 웃었다.

"왜 그러슈? 내가 틀린 말 한 것도 아닌데. 뭐 이제 우리도 시간이 넉넉하니까 심심할 때 아줌마 남편한테 우리가 알고 있는 아줌마와 이 매춘부 같은 새끼의 관계를……."

이정학이 말을 끝내기도 전에 윤수경이 몸을 돌렸다.

"돌아가."

"누님!"

윤수경이 몸을 돌리자 안진섭이 급하게 윤수경의 뒤를 따랐다.

몸을 돌려 다시 아들의 곁으로 돌아가는 윤수경의 두 눈에 시퍼런 광기가 흐르고 있었다.

그것은 살기였고 분함과 치욕을 이기지 못한 윤수경의 독기였다.

윤수경과 안진섭이 돌아가자 윤경민 부장검사가 혀를 찼다.

"온몸이 이기심과 독기로 똘똘 뭉쳐진 여자로군. 저런 맹목적인 모정이 정작 아들을 망치고 있다는 것을 느끼지 못한다는 것이 안타깝군 그래."

윤수경과 대면하고 싶지 않아서 몸을 돌리고 있던 한서영이 그제야 머리를 돌렸다.

한서영이 입을 열었다.

"아들보다 정작 저 여자가 더 이상한 것 같아요. 차라리 정신병원에서 치료를 받아보는 것이 좋을 것 같은데……."

듣고 있던 김동하가 나직하게 입을 열었다.

"오늘이 지나면 저 여자와 남자 그리고 아들까지 지금까지 지은 죄의 대가가 얼마나 참혹한지 실감하게 될 겁니다."

김동하의 말에 윤경민 부장검사의 눈이 커졌다.

"자, 자네 설마……."

윤경민 부장검사는 김동하가 황실옥에서 뉴월드파의 두목인 양재득과 부두목 송대진등을 잔인하게 처벌하고 그들의 천명을 회수한 것처럼 윤수경과 그 아들의 천명도 회수한 것인지 의심되었다.

김동하가 살짝 머리를 끄덕였다.

"살짝 손을 보아두었습니다. 지금까지 자신들이 누리고 살았던 그 모든 것들을 놓치지 않기 위해 사심과 사욕을 죄의식 없이 실행했던 사람들이었지요. 특히 아들이라는 남자는 필시 그대로 두면 사람을 해칠 수도 있는 기질을 가졌습니다. 웃으면서 사람을 해칠 수 있는 잔인한 심성을 가지고 있었음에도 전혀 죄의식을 느끼지 못하는 사람이었지요. 그자의 어머니라는 여자도 같은 기질이었기에 응당한 대가를 치르게 한 것입니다."

김동하의 설명에 윤경민 부장검사가 놀란 얼굴로 머리를

돌려 등을 보이고 걸어가는 윤수경을 바라보았다.

아마 내일이면 윤수경은 하늘이 무너지는 것이 어떤 느낌인지 생생하게 체험하게 될 것이라 생각했다.

그날 황실옥에서 김동하의 손에 의해 천명을 강제로 회수당한 뉴월드파의 송대진을 보고 심장이 떨어질 정도로 충격을 받았던 윤경민 부장검사였다.

인왕산에서 죽은 강아지가 살아났던 것보다 더 놀라웠던 김동하의 권능은 실제로 신과 대면하고 있는 느낌과 다르지 않았다.

"허어~ 저 여자 큰일 났군. 장성영이란 놈으로는 해결이 되지 않을 것인데… 쯧."

윤경민 부장검사가 안쓰럽다는 표정으로 아들의 곁으로 돌아가는 윤수경을 바라보았다.

윤경민 부장검사가 머리를 돌려 한서영을 보며 입을 열었다.

"닥터한은 괜찮겠소? 저 여자가 저렇게 패악을 부릴 정도면 앙갚음을 할 것 같은데."

한서영이 코웃음을 흘렸다.

"흥! 그런 것 전혀 겁나지 않아요. 나한테는 앞으로 나의 남편이 될 동하……."

말을 하던 한서영의 얼굴이 한순간 붉어졌다.

무심코 흘러나온 말이었다.

윤경민 부장검사가 눈을 크게 떴다.

"동하군과 결혼을 할 예정이오?"

"그게……."

한서영은 무심코 흘러나온 자신의 말에 스스로 당혹해하고 있었다.

김동하가 입을 열었다.

"서영누님의 부모님께 내락을 받았습니다."

"허허 그런가? 축하하네."

윤경민 부장검사는 한서영과 김동하가 결혼을 하게 될 것이라는 말에 진심으로 축하하는 표정이었다.

그때였다.

"저… 선생님!"

한서영의 뒤에서 낮은 목소리가 들렸다.

한서영이 머리를 돌렸다.

윤수경의 경호원이었다가 스스로 경호원 일을 포기해버린 세 명의 경호원 중 맏형인 최동명이었다.

한서영이 눈을 깜박였다.

최동명이 입을 열었다.

"중요한 분을 만나시는 것 같은데 방해가 될 것 같아 우리는 이만 돌아가겠습니다. 그리고 아까 전해드린 명함으로 꼭 연락 부탁드립니다. 선생님!"

최동명은 김동하와 한서영이 윤경민 부장검사를 만나고 있는 것을 방해하고 싶지 않았다.

그리고 윤경민 부장검사가 윤수경에게 스스로 중앙지검

의 부장검사라는 직책을 밝히자 행동이 저절로 조심스러워 졌고 같은 자리에 있는 것이 부담스러웠다.

더구나 부장검사라는 직책을 가지고 있으면서도 일부러 이런 자리까지 찾아와 김동하와 한서영을 만나는 것은 자신들이 모르는 상당히 중요한 일이 있기 때문이라고 생각했다.

한서영이 눈을 크게 뜨면서 물었다.

"아내 분이 아프다고 하시지 않으셨어요?"

최동명이 씁쓸한 얼굴로 웃었다.

"예! 그 때문에 꼭 저에게 전화 한번만 부탁합니다."

한서영이 잠시 생각하다가 머리를 끄덕였다.

"내일 날이 밝는 대로 전화를 드릴게요. 아니면 좀 기다리셨다가 함께 가셔도 좋고요."

한서영은 그렇지 않아도 윤경민 부장검사를 다시 만날 생각이었다.

김동하의 새로운 신분을 만들기 위해서는 반드시 윤경민 부장검사의 도움이 필요했기 때문이다.

윤경민 부장검사 정도의 위치라면 김동하의 새로운 신분을 만들어 내는 것은 어렵지 않을 것이다.

또한 역삼동의 병원에서 사라졌다고 하는 뉴월드파의 패거리들에 대한 이야기도 들어야 했다.

행여 김동하가 의심을 사는 경우는 없어야 하기 때문이었다.

그때 한서영의 말을 들은 윤경민 부장검사가 약간 당황하는 얼굴로 입을 열었다.

"허허 내가 나타나 방해가 된 것이 아니오?"

한서영이 머리를 흔들었다.

"아니에요. 그러지 않아도 검사님을 만나 뵈려 했어요."

"그, 그래요?"

윤경민 부장검사가 놀란 얼굴로 한서영을 바라보았다.

한서영이 자신을 만나려고 생각했다는 말에 놀란 것이다.

알고 보면 자신으로서는 김동하에게 얻은 것만 있을 뿐 준 것도 없고 배려한 것도 없었다.

자신을 비롯해 딸과 아내가 한 식구처럼 생각하며 키워 왔던 죽은 애완견들을 다시 살려낸 것에 대한 보답으로 몇 푼의 돈을 건넨 것이 전부일 뿐이었다.

또한 그런 김동하의 권능을 알게 된 이후 오히려 자신이 김동하와의 인연을 만들기 위해 만날 것을 청하는 것이 순서였다.

그런 상황에서 김동하와 부부의 연을 맺을 것이라는 한서영이 자신을 만나기를 바랐다는 것이 놀라웠다.

윤경민 부장검사가 머리를 돌려 최동명을 바라보며 입을 열었다.

"그리 오래 걸리지 않을 것이니 닥터한의 말대로 잠시만 기다리면 될 것이오. 미안하지만 중요한 이야기라서……."

최동명이 머리를 숙였다.

"죄송합니다. 저에게는 너무나 절박한 일이 있어서 도리가 아님에도 차마 돌아가지 못할 것 같군요. 방해가 되지 않도록 멀리 떨어져 있을 것이니 염려하지 마시고 대화를 나누십시오."

최동명은 아내인 유선하가 교통사고로 인해 운신도 하지 못하고 있는 것이 너무나 절박했다.

처음 사고를 당한 아내를 발견하고 급히 병원에 데려갔을 때 수술이 급하고 치료비가 수천만 원에 달할 것이라고 했던 응급실 의사의 말이 머리에서 떠나지 않았다.

당장에 한 달 달세를 내기도 벅찬 빠듯한 살림이었다.

아내가 눈물을 흘리며 퇴원할 것이라고 자신에게 사정했던 당시의 기억은 최동명에게는 죽어도 잊지 못할 회한의 파편으로 심장에 박혀 있었다.

가난해서 아내를 치료하지 못한다는 것이 너무나 서럽고 참혹했다.

그런 상황에서 의사의 신분을 가진 한서영을 만났기에 목에서 저절로 부탁이 나올 정도로 한서영의 도움이 간절했다.

윤경민 부장검사가 머리를 끄덕였다.

"길지 않을 것이니 잠시만 기다려 주시면 될 겁니다."

"예! 죄송합니다."

최동명이 밝은 얼굴로 한걸음 물러섰다.

그때 김동하가 최동명을 보며 입을 열었다.

"한 가지 부탁이 있는데 들어주시겠습니까?"

최동명이 밝은 얼굴로 대답했다.

"말씀하십시오. 시킬 일이 있으면 무엇이든 시키시면 됩니다."

한서영이 김동하를 바라보았다.

"왜 그래? 뭘 하려고?"

김동하가 빙긋 웃으며 대답했다.

"침구가 필요합니다, 누님!"

"아!"

한서영의 눈이 반짝했다.

한서영이 최동명을 바라보며 입을 열었다.

"동하, 아니 이 사람이 다친 아내 분께 시침을 해야 할 일이 있을지 모르니 한방에 사용하는 침구를 사 오셔야 할 것 같네요. 그리고 혹시 모르니까 제가 사용할 청진기와 혈압계도 사오면 좋겠어요. 저희 집에도 있긴 하지만 다시 집에 다녀오기는 아무래도 번거로울 것 같으니까 말이에요. 기다리시는 동안에 구해오시면 될 겁니다."

최동명이 눈을 반짝였다.

"그것만 있으면 됩니까?"

한서영이 머리를 끄덕였다.

"물론이에요."

"알겠습니다. 바로 구해오겠습니다."

최동명의 안색이 환하게 밝아지고 있었다.

　침구와 청진기 그리고 혈압계쯤은 근처 의료 기구를 파는 곳에서 쉽게 구할 수 있는 의료기다.

　아내를 치료하기 위해서라면 그쯤은 수십 수백 개라도 구해올 수 있었다.

　돈이 없다면 아예 의료기기 가게를 털어서라도 구해올 판이었다.

　최동명이 기다리고 있는 동생들에게 돌아가서 한서영이 말한 것을 설명했다.

　최동명의 말을 들은 두 명의 동생은 그 자리에서 뛰듯이 한강변을 떠났다.

　당장에 침구와 청진기를 비롯해 혈압계를 구하러 나가는 것이었다.

　윤경민 부장검사가 눈을 껌벅이며 입을 열었다.

　"닥터한이야 세영대학병원의 의사인 것은 알고 있지만 동하군이 침구를 사용한다고 했습니까?"

　한서영이 머리를 끄덕였다.

　"호호 모르셨어요? 동하는 한의학의 의술에 능숙해요. 양의인 저보다 오히려 실력이 더 좋을지도 몰라요."

　"그, 그래요?"

　윤경민 부장검사가 눈을 껌벅이며 김동하를 바라보았다.

　김동하가 부드러운 표정으로 한서영을 내려다보고 있는

모습이 눈에 들어왔다.

알면 알수록 신비한 김동하의 실체는 윤경민 부장검사의 눈에 또 다른 모습으로 비쳐졌다.

한서영이 입을 열었다.

"이렇게 길옆에 서서 이야기 하지 말고 저쪽에 가서 잠시 앉아서 이야기해요."

한서영이 가리킨 곳은 계단처럼 턱이 만들어진 강변공원의 시설물이 있는 곳이었다.

간혹 이곳에서 음악을 좋아하는 사람들이 야외공연도 하고 구경하는 사람들이 편하게 지켜볼 수도 있게 만들어진 곳이었다.

한밤중의 시원한 강변바람을 맞으며 제법 많은 사람들이 그곳에 앉아서 한강변의 야경을 바라보고 있었다.

며칠째 이어지고 있는 잠 못 이루는 열대야의 밤을 이곳에서 넘기는 사람도 꽤 많았다.

윤경민 부장검사가 머리를 끄덕였다.

"그럽시다. 나도 알고 싶은 것들이 좀 많으니까 이야기가 조금 길어질 수도 있겠군요."

윤경민 부장검사가 먼저 걸음을 옮겼다.

인왕산에서 김동하를 처음 만났을 때도 그렇지만 황실옥에서도 김동하가 보여준 권능은 아직도 윤경민 부장검사에게는 믿어지지 않는 신의 능력이었다.

그것에 대해서 궁금한 것이 너무 많아 머릿속이 터질 것

같았지만 어렵게 눌러 참고 있었다.

어쩌면 오늘밤 김동하의 입을 통해 모든 사실을 들을 수 있을지 모른다는 생각에 심장이 두근거렸다.

윤경민 부장검사가 먼저 걸음을 옮겼고 그의 뒤를 한서영과 김동하가 따랐다.

자리를 옮기던 한서영이 머리를 돌려 윤수경 모자가 있는 방향을 바라보았다.

윤수경 모자와 안진섭을 비롯해 서동혁의 패거리들은 이미 한강변을 떠난 것인지 보이지 않았다.

한서영이 김동하의 손을 꼭 잡았다.

한순간 다시 시원한 기운이 한서영의 몸으로 퍼져 들어왔다.

한서불침의 경지에 이른 김동하의 무량기가 가진 기운이 한서영의 몸으로 자연스럽게 나누어졌다.

"아! 시원해."

한강변의 밤바람이 시원하다고 해도 김동하의 손을 통해 온몸으로 번져오는 무량기의 기운에 비할 수는 없었다.

김동하가 빙긋 웃었다.

"시원합니까?"

"응!"

한서영이 마치 어린아이처럼 맑은 표정으로 김동하를 올려다보았다.

김동하가 웃었다.

"근데 그것 아십니까?"

"뭘?"

한서영이 궁금한 얼굴로 김동하를 바라보았다.

김동하가 이를 드러내며 웃다가 천천히 입을 열었다.

"무량기를 나누게 되면 시전자의 안목으로 상대의 몸에 퍼져 있는 전체 혈맥을 비롯해 인체의 모든 부분을 모두 관조할 수 있는 능력이 있답니다."

"응? 그게 뭐야?"

김동하가 웃었다.

"누님의 방광이 지금 가득 차 있다는 것도 알지요."

"뭐?"

한서영의 눈이 커졌다.

사실 자리를 잡고 앉으면 화장실부터 다녀올 생각이었던 한서영이다.

그것을 김동하가 알고 있다는 말에 한서영의 얼굴이 시뻘겋게 달아올랐다.

김동하가 한서영의 귀에 살짝 입을 대고 속삭이듯 말했다.

"누님의 대장에 변도……."

김동하의 말이 미처 끝나기도 전에 한서영이 먼저 반응했다.

"야!"

한서영의 목소리가 쩌렁 울렸다.

앞서가던 윤경민 부장검사가 놀란 얼굴로 돌아보았다.

약간 떨어진 거리에서 뒤따라오던 최동명도 놀란 얼굴로 한서영을 보았다.

한서영이 발갛게 달아오른 얼굴로 김동하를 쏘아보며 소리쳤다.

"너 누가 그런 것까지 보래?"

김동하가 머리를 긁적였다.

"무량기의 공력이 저절로 반응하는 것인데⋯⋯."

"안 해."

빽 소리를 지른 한서영이 마치 벌레를 털어내듯 김동하의 손을 털어냈다.

목덜미까지 붉어진 한서영은 쥐구멍이라도 있다면 파고들어가 숨고 싶은 심정이었다.

무량기에 그런 기능이 숨어 있다는 것을 알았다면 절대로 김동하의 손을 잡고 무량기를 받아들이는 짓은 하지 않았을 것이다.

윤경민 부장검사가 물었다.

"닥터한! 무슨 일입니까?"

한서영은 윤경민 부장검사의 질문에 아무런 대답도 할 수가 없었다.

어떻게 김동하가 자신이 지금 오줌을 참고 있으며 얼마 후 화장실을 가야 한다는 것까지 알고 있다고 설명해야 할지 난감했기 때문이다.

김동하가 윤경민 부장검사를 보며 입을 열었다.

"저의 몸에 심어진 무량기라는 기운이⋯⋯."

"하지 마!"

한서영이 김동하의 입을 손으로 막았다.

김동하가 머리를 비틀자 김동하의 팔에 매달려 껑충껑충 뛰어오르며 필사적으로 김동하의 입을 막으려 했다.

"하지 마! 응, 하지 마. 제발."

한서영의 얼굴에 애원하는 표정이 떠올라 있었다.

김동하가 빙그레 웃었다.

"알겠습니다."

"절대 말하지 마. 말하면 진짜 용서 안 할 거야."

"절대 말하지 않겠습니다."

"못 살아 증말⋯⋯."

한서영은 발갛게 달아오른 얼굴로 김동하를 흘겨보다가 이내 곁을 떠나 화장실이 있는 곳으로 달려갔다.

윤경민 부장검사가 한서영이 화장실로 가는 것을 보고 김동하에게 다가왔다.

"무슨 일인가?"

김동하가 머리를 흔들었다.

"말씀드릴 수가 없습니다."

"허허 벌써 부부싸움을 하는 것인가?"

윤경민 부장검사는 처음에 인왕산에서 거처 없이 떠도는 부랑자라고 생각했던 김동하가 너무나 헌칠한 청년으로

변해 있는 것과 그런 김동하가 남자라면 누구나 탄복할 정도로 늘씬하고 아름다운 여인과 부부의 연을 맺었다는 것이 참으로 신기했다.

화장실은 한강변의 공원부지에 필요한 곳마다 세워져 있었고 충분히 관리되어 깨끗했다.

한서영이 돌아온 것은 윤경민 부장검사와 김동하가 계단처럼 생긴 곳에 자리를 잡고 앉아서 강바람을 쐬고 있을 때였다.

다시 돌아온 한서영은 무슨 일이 있었냐는 듯 생생한 얼굴이었지만 간간히 윤경민 부장검사의 눈치를 살피며 혹시 김동하가 쓸데없는 말을 지껄인 것이 아닌지 의심하는 눈치였다.

하지만 윤경민 부장검사는 전혀 모르는 듯한 얼굴이었기에 안심한 듯 김동하의 곁에 앉았다.

지금까지는 무량기에 그런 능력이 있다는 것을 몰랐지만 지금은 무량기의 또 다른 효과를 알았기에 함부로 김동하의 손을 잡지도 않았다.

최동명은 약간 떨어진 거리에서 한강변을 바라보고 있었다.

사고로 다친 아픈 아내의 일로 인해서 머릿속이 참으로 복잡한 그로서는 지금처럼 한강을 바라보며 머릿속을 정리하는 것도 좋을 시간이었다.

한서영과 김동하가 자리를 잡고 앉자 윤경민 부장검사가

입을 열었다.

"먼저 어디서부터 정리를 해야 할지 잘 모르겠군."

김동하에 대해서 묻고 싶은 것이 많고 알고 싶은 것도 많은 윤경민 부장검사였다.

한서영이 입을 열었다.

"검사님이 질문하는 것보다 차라리 동하가 지금까지 있었던 일을 설명하는 것이 좋을 것 같아요."

윤경민 부장검사가 눈을 번쩍 떴다.

"그, 그렇게 해 주겠나?"

김동하가 머리를 끄덕였다.

"그게 좋을 것 같습니다."

김동하는 자신의 능력을 모두 알고 있는 윤경민 부장검사에게 모든 것을 털어놓는 것이 좋다는 생각을 했다.

어차피 자신에게 도움을 줄 사람이고 자신을 해칠 사람은 아니라는 확신이 들었기 때문이다.

김동하가 천천히 입을 열기 시작했다.

한서영의 부모님에게 털어놓았던 자신의 내력을 다시 윤경민 부장검사에게 털어놓기 시작한 것이었다.

"저는 지금부터 514년 전 조선시대에 살고 있었던 사람입니다. 저의 아버님은……."

김동하의 이야기는 빠르지도 않고 느리지도 않게 천천히 흘러갔다.

주변에 사람들이 없었기에 김동하의 이야기를 듣는 사람

36

은 윤경민 부장검사와 김동하의 모든 사연을 모두 알고 있는 한서영밖에 없었다.

윤경민 부장검사는 김동하가 하는 말을 들으며 믿어지지 않는 너무나 신기한 사연에 입을 벌리고 있었다.

김동하의 사연은 근 20분 동안 이어졌다.

이윽고 김동하의 내력에 관한 숨겨진 비밀이 모두 윤경민 부장검사에게 알려졌다.

김동하의 입을 통해 그에게 숨겨진 모든 비밀을 알게 된 윤경민 부장검사가 눈을 껌벅이며 김동하를 바라보았다.

"믿어지지 않는군 그래. 자네가 500년 전에 살았던 과거의 사람이었다니……."

한서영이 거들었다.

"저도 믿어지지 않았어요. 하지만 동하의 말은 모두 사실이었어요."

"허허……."

윤경민 부장검사가 눈을 껌벅이며 김동하의 얼굴을 빤히 바라보았다.

남자가 보아도 반듯하고 귀태를 풍기는 잘생기고 헌칠한 남자였다.

김동하의 모습 어디에도 514년이라는 시간의 경계를 넘어온 과거의 조선남자의 모습은 보이지 않았다.

서울의 거리에서 흔하게 보이는 평범한 청년의 모습으로만 보일 뿐이었다.

다만 남자로서 질투가 날 정도로 잘생기고 어쩌면 예쁘게 보일수도 있을 정도의 흔치않은 미남자이라는 것이 조금 다르게 보이는 느낌이다.

"그럼 그때 인왕산에서 동하군을 만났던 게……."

김동하가 머리를 끄덕였다.

"천공불진이 열렸던 서영누님의 집을 떠나 저의 사부님과 함께 거처했던 정심암이라는 흔적을 찾아가본 것이지요. 과거의 흔적이 모두 사라져 버린 상황이었기에 떠나지 못하고 그곳에서 머물렀을 뿐이었습니다. 그러다 우연히 다혜 아버님을 만나게 된 것입니다."

김동하는 여전히 윤경민 부장검사를 죽은 강아지를 품에 안고 있었던 윤다혜의 아버님이라는 호칭으로 부르고 있었다.

지금의 부장검사라는 관직이 과거라면 의금부 판관쯤의 직위정도임을 인식하지 못하고 있었고, 굳이 안다고 해도 관직으로 부를 생각은 없었다.

윤경민 부장검사가 입을 벌렸다.

"세상에……."

듣고 있던 한서영이 입을 열었다.

"사실은 그 때문에 검사님을 만나려고 한 거예요."

윤경민 부장검사의 이마가 찌푸려졌다.

"그 때문이라니요?"

한서영이 입을 열었다.

"동하가 과거의 사람이라는 것을 알고 있을 뿐 현재 동하에겐 동하의 신분을 증명해줄 그 어떤 증명도 할 수가 없어요. 자신이 과거에서 왔다는 것을 증명한다고 해도 누가 그것을 믿어주겠어요? 그렇다고 매번 동하가 가진 천명의 권능을 보여줄 순 없는 일이고 말이에요."

"아!"

윤경민 부장검사의 입에서 탄성이 흘렀다.

자신이 미처 생각하지 못한 부분이었다.

"그러니까 동하군에게 현재에서는 동하군의 신분을 증명할 그 어떤 증명도 남아 있지 않다는 말이군요?"

"맞아요."

한서영의 말에 윤경민 부장검사가 잠시 눈을 깜박이다가 입을 열었다.

"동하군에게 새로운 신분을 만들기 위해서는 가족관계창설등록이라는 신고를 해야 합니다. 그 부분에서는 제가 도움이 될 수 있을 것 같군요. 신청서와 몇 개의 사실을 증명하는 서류를 제출하여 가정법원의 허락을 얻는다면 새로운 신분을 만들 수 있을 겁니다."

김동하에게 현대의 시절을 살아가기 위해서는 새로운 신분증명을 만들어야 했고 그 신분을 만들기 위해서는 가족관계 창설등록이라는 행정적인 절차를 진행해야 했다.

실제로 자신의 신분이 말소된 사람이거나 신분이 없이 살아온 무연고의 사람일 경우 행정적 절차를 통해 자신의 신분을 새롭게 만들 수 있는 방법이 바로 그것이었다.

윤경민 부장검사가 김동하를 보며 입을 열었다.

"자네의 새로운 신분은 내가 만들어주도록 하지. 마침 가정법원에 아는 지인이 있으니 그리 어려울 것도 아닐 거야."

김동하가 머리를 숙였다.

"감사합니다."

"도움을 줄 수 있는 것이 있다니 다행이네."

윤경민 부장검사가 빙그레 웃었다.

빚지고 있다고 생각했던 김동하에게 직접적으로 도움을 줄 수 있는 방법이 생겼다는 것은 윤경민 부장검사로서도 반가운 일이었다.

윤경민 부장검사가 한서영을 보며 입을 열었다.

"가능한 빠른 시간 내로 동하군의 신분을 새로 만들어 드리도록 하겠습니다. 저의 사무실 김계장이 그런 쪽으로 일처리가 빠른 사람이거든요 하하."

한서영도 머리를 숙였다.

"감사해요."

윤경민 부장검사가 빙그레 웃으며 입을 열었다.

"그러고 보니 두 분 다 무척 어울리네요. 참으로 어울리는 부부입니다 허허."

윤경민 부장검사의 말에 한서영의 얼굴이 순간 살짝 달아올랐다.

또다시 부끄러워진 것이다.

하지만 다른 사람의 눈에 자신과 김동하가 부부로 보이는 것이 싫은 느낌이 아니라 오히려 즐겁고 자랑하고 싶은 심정이었다.

때문에 한서영으로서도 미묘한 느낌이 들었다.

어느새인가 한서영의 손이 김동하의 손을 잡고 있었다.

김동하가 자신의 내력을 털어놓는 동안 자신도 모르게 김동하의 손을 잡아버린 것이다.

밤의 강바람이 시원하게 불어왔지만 약간은 끈적끈적한 습기를 머금고 있었다.

그러던 차에 김동하의 몸에서 흘러나오는 무량기의 시원하고 쾌적한 느낌에 자신도 모르게 손을 잡고 무량기를 받아들이고 있었던 것이다.

김동하가 자신의 손을 잡고 있는 한서영을 내려다보았다.

긴 속눈썹이 아름다운 눈썹그늘을 만들었고 그 아래 보석처럼 반짝이는 맑고 아름다운 두 눈이 빛나고 있었다.

긴 머리칼이 자연스럽게 강바람에 부드럽게 흩날렸다.

뺨은 발그레하게 물들어 있는 한서영의 모습은 참으로 바라보는 사람의 가슴을 두근거리게 만들 정도로 아름다웠다.

한서영이 자각하고 있는지 모르지만 손으로 입을 가리며 웃을 때는 그녀의 몸에서 향기로운 체향이 흘러나왔다.

향수나 화장품 향기가 아닌 그녀만의 체향이었고, 그것은 세상의 그 어떤 향수의 향기보다 향긋했다.

김동하가 잠시 웃고 있는 한서영의 얼굴을 바라보다가 머리를 숙여 한서영의 귀에 대고 입을 열었다.

"서영 누님! 지금 내 손을 잡고 있습니다."

"응?"

한서영의 얼굴이 굳어졌다.

김동하가 나직하게 웃으며 입을 열었다.

"하하 무량기의 특징이 어떤 것인지 아실 텐데요?"

김동하가 막 입을 여는 순간 한서영은 자신의 손이 김동하의 손을 꼭 쥐고 있다는 것을 알아차렸다.

한서영의 콧잔등이 찌푸려졌다.

"이런……."

"하하 지금 누님의 방광은 비워졌지만 대장에는……."

김동하의 말이 끝나기도 전에 한서영이 고함을 질렀다.

"야! 김동하, 이 존만이야. 너 죽을래? 내가 똥마려운 것까지 알아서 시원해?"

한강변에서 찌렁하게 소리를 지르는 한서영의 얼굴은 건드리면 금방이라도 델 것처럼 새빨갛게 달아올라 있었다.

갑작스런 한서영의 태도에 윤경민 부장검사가 놀란 얼굴로 한서영을 바라보았다.

고함을 친 한서영도 자신의 고함에 놀란 것인지 얼굴이 그렇지 않아도 큰 눈이 더 커져 있었다.

순간적으로 한서영이 두 손으로 얼굴을 감싸고 머리를 숙였다.

차마 얼굴을 들어올릴 수 없을 정도로 창피하고 약이 올랐다.

존만이로 김동하를 골렸던 것이 이런 식으로 되돌아올 줄은 그녀로서는 꿈에도 상상하지 못했다.

김동하는 한순간에 한서영이 예상하지 못한 반응을 하자 너무나 놀란 얼굴이었다.

"서, 서영 누님."

"몰라, 꺼져. 나한테 손대지 마!"

한서영이 두 손으로 얼굴을 감싸고 몸을 비틀었다.

윤경민 부장검사가 놀란 얼굴로 물었다.

"닥터한! 왜 그러십니까?"

"몰라요. 그냥 저 좀 내버려두세요."

윤경민 부장검사가 김동하를 보며 물었다.

"닥터한이 왜 이러시나? 아까도 그러더니 진짜 부부싸움인가?"

김동하가 난감한 얼굴로 대답했다.

"제가 누님이 예뻐서 조금 장난을 친 것인데… 이것 참!"

김동하는 너무나 돌발적인 한서영의 반응에 어쩔 줄을 몰라 했다.

얼굴을 가리고 있는 한서영은 김동하가 안절부절못하자 창피하지만 통쾌한 기분이었다.

어쩌면 이것으로 김동하에게 시원하게 복수(?)를 할 수 있는 기회가 올 수 있다는 생각이 순간적으로 그녀의 머리를 스쳐갔다.

쉽게 풀어줄 생각은 없었다.

아예 이참에 김동하에게 절대로 자신을 이길 수 없다는 것을 철저하게 가르쳐야 한다는 생각이 들었다.

"서, 서영 누님! 내가 잘못했습니다."

"몰라. 저리 가. 내 몸에 손대지 마! 나한테 손대면 죽어 버릴 거야."

자신이 죽는다고 해도 김동하는 다시 자신을 살려낼 것이었기에 전혀 위협이 되지 않는 말이었다.

한서영이 일부러 매몰차게 대답하며 속으로 코웃음을 치고 있었다.

김동하의 얼굴에 진짜로 난감한 표정이 떠올랐다.

윤경민 부장검사가 더듬거리며 말했다.

"닥터한! 속이 불편하시면……."

"그게 아니란 말이에욧."

한서영은 김동하가 자신을 놀리자 화난 김에 대꾸한 것을 윤경민 부장검사가 오해하자 더 약이 올랐다.

김동하가 한서영의 몸에 손을 대려다 멈칫했다.

몸에 손대지 말라는 한서영의 말이 떠올랐기 때문이다.

그때였다.

"저… 이게 필요하시면……."

채 말을 이어가지 못하고 김동하와 윤경민 부장검사의 눈치를 살피며 누군가 곁으로 다가왔다.

김동하가 머리를 돌리자 언제 돌아온 것인지 세 명의 경호원 중에 막내인 이정학이 무언가를 내밀고 있었다.

그것은 여행용 화장지가 담겨 있는 봉투였다.

몇 장의 휴지를 뽑아 쓴 것인지 봉투의 갈라진 윗부분에 화장지 한 장이 뾰족하게 튀어나와 있었다.

그들은 너무나 중요한 사람인 한서영이 곤란한 상황에 빠진 것으로 오해했기에 도움이 될 것이라고 생각한 것 같았다.

한서영도 다른 남자의 목소리가 들리자 얼굴을 가리고 있던 손을 풀고 그것이 무엇인지 바라보다가 또다시 얼굴이 벌겋게 달아올랐다.

"몰라. 진짜 나 죽어버릴 거야 씨이~"

한서영이 벌떡 일어나 자리를 빠져나갔다.

김동하가 그런 한서영의 뒤를 급하게 따랐다.

윤경민 부장검사는 지금 벌어지고 있는 상황이 어찌된 것인지 알 수가 없다는 표정으로 멍하게 바라보고 있었다.

하지만 이내 윤경민 부장검사도 김동하와 한서영의 뒤를 따라 급하게 자리를 털고 일어섰다.

한쪽에서 이쪽을 바라보고 있던 최동명과 동생들도 허겁지겁 한서영과 김동하의 뒤를 따르기 시작했다.

어느샌가 한강변의 야경은 한강변에 세워진 수많은 아파

트들과 건물들에서 흘러나오는 별빛과 같은 조명으로 보석처럼 반짝이며 깊어가고 있었다.

"서영 누님! 화 풀어요. 제가 잘못했습니다."

"저리 안 가? 아까 그 망나니새끼보다 너가 더 미워."

김동하와 한서영의 대화가 서울의 야경을 깨우는 듯 멀어져가며 들려왔다.

두 사람의 뒤를 따라 걷는 윤경민 부장검사와 최동명을 비롯한 두 명의 동생들은 티격태격 다투며 걸어가는 둘을 보며 영문을 모를 미소를 머금고 있었다.

이유가 없는 미소였다.

하지만 그들은 그야말로 오누이 같은 두 연인들이 점점 마음에 드는 느낌이었다.

오늘밤 서울은 또다시 찜통 같은 열대야로 밤새 뒤척이게 될 것이라는 예감이 들었다.

슬픈 연가(戀歌)

 좁은 방안이다.

 누워 있는 창백한 여인의 얼굴 위로 쏟아지는 형광등의 불빛은 너무나 창백했다.

 어릴 때부터 어두웠던 것을 무서워하고 싫어하는 자신의 습관 때문에 남편은 하루 종일 방안의 불을 끄지 않고 그냥 켜놓고 있었다.

 남편이 나가면서 자신에게 심심하면 먹으라고 놓아둔 과자봉투가 덩그렇게 이불 옆에 놓여 있었다.

 움직일 수도 없는 형편이지만 요즘 들어서 입맛이 없어 아무것도 입에 대고 싶은 생각이 들지 않았다.

더운 날이었지만 시원한 샤워도 할 수 없고 차가운 냉수도 마실 수가 없었다.

주륵—.

자꾸만 졸음에 감기던 눈에서 다시 눈물이 흘렀다.

자신을 그렇게 치고 달아나버린 사람이 원망스럽고 미웠지만 그 사람이 어떤 사람인지 얼굴도 모르고 남자인지 여자인지 정체도 알 수가 없었다.

어렵게 머리를 틀어 다시 자신의 손을 내려다보았다.

아픈 몸이었지만 손에서 놓지 않았던 전화기가 무겁게 느껴졌다.

"하아~"

힘이 빠진 자신의 한숨소리가 너무나 비참하게 느껴졌다.

오늘 아침에 집을 나서는 남편의 얼굴이 떠올랐다.

자신에게 미안해하는 얼굴이었다. 가난 때문에 병원에 데려가지 못하는 것에 죄책감을 가진 잘생긴 남편의 얼굴이었다.

근 한 달 째 운신도 하지 못하고 누워 있는 유선하로서는 단 한 번만이라도 자리를 틀고 일어나 남편에게 아침상을 차려주고 싶은 것이 지금 그녀가 꿈꾸는 최고의 소원이었다.

하지만 그럴 수가 없었다.

숨을 쉬는 것 자체만으로도 온몸에서 통증이 느껴졌다.

그런 상황에서 움직인다는 것은 신의 기적이 자신에게 내려야 한다는 것을 너무나 잘 알고 있었다.

어렵게 만난 남편이다.

남편이 18세가 되어 보육원을 떠날 때 보육원 창고 뒤에 숨어서 혼자 울어야 했던 유선하였다.

다정한 오빠였고 자신이 학교에서 부모 없는 고아라는 말과 함께 친구들에게 억울한 일을 당했을 때 맨발로 자신의 학교까지 달려와 준 오빠였다.

그런 오빠를 6년 만에 거리에서 다시 만났을 때 유선하는 세상에서 가장 행복한 여인이었다.

오빠는 세상에서 유선하에게 단 하나뿐인 남자였고 단 하나뿐인 가족이었다.

그런 오빠에게 청혼을 받았을 때의 그날 밤은 유선하에게는 새로 세상에 태어나는 것 같은 너무나 아름답고 소중한 기억을 만들어 주었다.

주르륵—.

다시 힘없이 누워 있는 유선하의 볼을 타고 눈물이 흘렀다.

남편을 남겨두고 혼자 떠나야 하는 것이 너무나 무섭고 마음이 아팠다.

"미안해… 오빠…….."

신열로 인해 까맣게 타서 꺼칠해진 유선하의 입술 사이로 물기에 젖은 힘없는 목소리가 흘러나왔다.

유선하가 다시 고통을 참으며 손에 들린 전화기를 얼굴 가까이로 당겨왔다.

앙상하게 말라 부러질 것 같은 손가락과 푸른 혈관이 비치는 뼈밖에 남지 않은 야윈 손등이 보였다.

조금이라도 움직이면 온몸이 부서질 것 같은 통증이 느껴지는 몸이었지만 지금은 마지막 작별을 준비해야 한다는 생각밖에 없었다.

힘들게 전화기의 화면을 열어 카메라 버튼을 눌렀다.

전화기를 들어올리는 것도 힘들었기에 어렵게 머리만 돌려 화면을 바라보았다.

전화기의 화면에는 눈물로 범벅이 되어 있는 창백한 자신의 얼굴이 비치고 있었다.

매일 저녁이면 남편이 세숫대야에 물을 가득 담아와 머리를 감겨준 탓에 머리칼은 아픈 사람답지 않게 곱게 베게 뒤쪽으로 넘겨져 있었다.

유선하는 그 시간이 참으로 행복하고 마음이 편했다.

온몸이 부서질 것 같은 통증 속에서도 남편이 자신의 머리칼을 만져주는 그 시간만은 자신을 그토록 괴롭히던 아픔이 모두 사라지는 느낌이었기 때문이다.

퀭한 유선하의 눈이 자신의 얼굴을 빤히 바라보았다.

한때는 곱고 포동한 귀염성 있는 얼굴이었지만 지금은 만지면 푸석하고 먼지가 일어날 것 같은 메마른 얼굴로 변해 있었다.

유선하가 한동한 전화기의 화면에 비친 자신의 얼굴을 바라보다가 천천히 입을 열었다.

"오빠… 미안해, 견뎌야 하고 힘을 내야 하는데 그럴 수가 없어. 어제는 아픈 나 때문에 오빠가 부엌에서 우는 소리를 들었어. 오빠 잘못이 아니잖아. 왜 울어? 나 병원에 데려가지 못한다고 오빠가 죄책감을 가질 이유가 없잖아. 우리가 가난한 게 우리 잘못은 아니잖아. 그러니까 오빠가 미안할 이유는 없어."

전화기의 화면을 보며 말을 하는 유선하의 이마에 땀방울이 맺히고 있었다.

머리만 돌려 말을 하는 것만으로도 그녀는 힘들어 하고 있는 것이다.

잠시 화면을 보며 약하게 한숨을 불어낸 유선하의 눈가로 다시 눈물이 흘러내렸다.

"미안해 오빠. 견뎌보겠다고 약속을 했지만 더는 견딜 수 없을 것 같아. 오빠 혼자만 남겨놓고 떠나는 것 같아서 자꾸만 눈물이 나네… 오빠랑 아기도 낳고 행복하게 살고 싶었는데… 좋은 아내가 되어주고 싶었는데… 오빠 옆에 평생 같이 있고 싶었는데… 그게 쉽지가 않네. 그래서 슬퍼."

화면을 바라본 유선하가 자신의 얼굴을 보며 희미하게 웃었다.

눈물과 땀으로 젖어 있는 창백하고 여윈 얼굴에 떠오르

는 미소는 너무나 슬프게 보였다.

　유선하가 힘들게 침을 삼키고 말을 이었다.

　"슬퍼하지 마. 그리고 힘내. 잠시지만 오빠랑 함께 살 수 있어서 참으로 행복했어. 그리고 빨리 나를 잊어. 내가 없다고 오빠가 바보처럼 슬퍼하면서 나를 그리워하면 하늘에서도 슬플 것 같아. 이제 작별인사를 마쳐야 할 것 같네. 좀 더 오빠에게 많은 이야기를 해 주고 싶었는데 힘이 들어서 그것도 쉽지가 않아……."

　힘들게 말을 하던 유선하의 숨소리가 더욱 버거워졌다.

　간신히 호흡을 돌린 유선하가 이내 전화기를 보며 속삭이듯 말했다.

　"사랑해 오빠… 그리고 꼭 행복하게 살아줘. 안녕……."

　마지막 말을 마친 유선하의 눈이 꼭 감겼다.

　이렇게 전화기의 카메라에 영상을 남기는 것만으로도 그녀는 온몸이 부서질 것 같은 통증과 아픔을 느끼고 있었다.

　마지막 말을 남긴 후 다시 힘겹게 전화기의 카메라 기능을 끄고 자신의 전화기 속 사진첩에서 한 장의 사진을 찾아냈다.

　자신이 남긴 영상을 확인하는 것이 아니라 사진첩 속의 한 장의 사진을 눌렀다.

　전화기의 화면에 떠오른 것은 그녀와 함께 나란히 서서 웃고 있는 한 남자의 사진이었다.

최동명.

유선하의 남편이었다.

유선하의 입가에 조용히 미소가 번져가고 있었다.

전화기의 사진을 손가락으로 가만히 쓸어보던 유선하가 힘겹게 사진을 바라보다가 눈을 감았다.

그녀의 손에서 힘없이 전화기가 아래로 떨어져 내렸다.

입을 통해 아프고 고통스럽게 흘러나오던 그녀의 숨소리가 조용히 멀어져갔다.

이내 방안은 창백하고 서늘한 형광등의 불빛 아래 긴 머리칼을 베게 뒤로 넘긴 채 먼 길을 떠나는 연약하고 가난한 한 여인의 슬픈 시신만 서럽게 버려진 듯 누워 있었다.


끼익.

한 대의 낡은 승합차가 신길동의 공영주차장으로 들어서서 멈춰 섰다.

"차는 이곳에 주차하고 여기서부터는 걸어서 가야 합니다. 차를 댈 곳이 마땅찮아서요."

운전석에서 머리를 돌린 이정학이 뒷좌석에 앉은 한서영과 김동하를 돌아보며 입을 열었다.

얼굴에는 미안한 표정이 가득했다.

하지만 차를 몰고 집까지 갈 수는 없는 일이었다.

골목길 안쪽이라 행여 차를 잘못 주차하면 한밤에 불려 나오기를 반복해야 한다.

승합차의 조수석에 앉은 최동명도 미안한 표정으로 돌아보았다.

"죄송합니다. 제가 사는 곳이 변변치 않아 불편하실 겁니다."

한서영이 머리를 흔들었다.

"아니에요. 그게 무슨 말이에요."

한서영과 김동하의 뒤쪽에 앉아 있던 김설형이 입을 열었다.

"큰형 집이 여기서 그리 멀지 않으니 조금만 걸어가시면 될 겁니다."

"알겠어요."

이내 차를 주차하고 일행이 차에서 내렸다.

주차장의 입구 쪽에 안전하게 주차를 해 두었으니 주차장을 나서는 것은 금방이었다.

세 명의 형제는 신길동의 공영주차장에서 한 달에 고정적인 주차료를 지급하고 이곳을 이용하고 있는 중이었다.

세 명의 형제가 함께 움직여야 하니 차는 늘 승합차를 이용했다.

경호사무실을 운영하는 그들로서는 기동력을 위해서라도 반드시 차가 필요한 상황이었다.

낡은 승합차를 타고 윤수경의 사무실로 출근해서 윤수경이 보유한 신형 승합차를 타고 항상 이동해왔던 것이 지금까지의 상황이었다.

주차장을 빠져나온 일행은 조심스럽게 한서영과 김동하를 안내했다.

최동명의 집은 주차장에서 100m 정도 떨어진 거리에 위치해 있었다.

좁은 골목길을 지나야 하기 때문에 차가 주차할 수 없는 위치였다.

힘들게 차를 주차한다면 다른 차들이 통행을 할 수가 없었다.

세 명의 형제들은 이곳에서 함께 모여 살고 있었다.

신혼인 최동명 부부의 집과는 거의 붙어 있다시피 한 위치였다. 식사를 할 때 문을 열고 이름을 부르면 달려올 만큼 바로 코앞에서 함께 사는 것이다.

이내 다섯 명이 최동명의 집이 있는 골목길로 접어들었다.

최동명의 손에는 김동하가 사오라고 부탁했던 침구와 간단한 의료기들이 들어 있는 비닐봉투가 소중하게 들려 있었다.

그때 최동명이 한서영과 김동하를 보며 입을 열었다.

"저… 죄송하지만 여기서 잠시만 기다려 주시겠습니까?"

한서영이 눈을 깜박이며 최동명을 바라보았다.

최동명이 한서영과 김동하의 대답도 듣지 않고 이정학을 보며 입을 열었다.

"정학아. 가게 가서 선생님들 마실 음료수하고 시원한 얼음 좀 사와라."

"응! 알았어, 큰형."

이정학은 큰형 최동명의 집에 놓인 냉장고 속에는 아무것도 없다는 것을 누구보다 잘 알고 있었다.

형수인 유선하도 탄산음료수 같은 것을 좋아하지 않았고 겨우 반찬 남은 것 정도만 냉장고 속에 들어 있을 것이다.

그 때문에 아마 집에 도착한다고 해도 마실 음료수 하나 없을 것이 뻔했다.

이정학이 급하게 몸을 돌렸다.

한서영이 이마를 찌푸렸다.

"아니 그럴 필요가 없는데……."

최동명이 웃었다.

"아닙니다. 이러지 않으면 제가 많이 불편합니다."

머리를 돌린 최동명이 가게로 향하는 이정학의 등을 보며 소리쳤다.

"정학아. 포도 사오는 것도 잊지 마라."

포도는 최동명의 아픈 아내 유선하가 유일하게 좋아하는 과일이며 아픈 와중에도 최동명이 한 알 까서 입에 넣어주는 것을 참으로 좋아했다.

등을 돌린 채 빠르게 가게로 향하는 이정학이 머리도 돌리지 않은 채 손을 들어올렸다.

"알고 있어 형."

이정학도 아픈 형수가 유난히 포도는 좋아한다는 것쯤은 알고 있었다.

매일 퇴근할 때 최동명이 사들고 들어가는 것이 포도였다.

누운 채 남편 최동명이 한 알씩 까서 입에 넣어주는 포도는 유선하가 용케 한 송이를 모두 먹을 정도로 좋아하는 과일이다.

그것을 알고 있는 이정학이었기에 큰형이 말하지 않아도 포도를 사올 생각이었다.

그때였다.

한서영의 옆에 서있던 김동하의 얼굴이 살짝 찌푸려졌다.

찌르르르르.

김동하의 가슴이 저리듯 떨려오고 있었다.

그것은 김동하의 천명이 지닌 또 다른 권능의 발현이었다.

김동하가 힐끗 한서영을 바라보다가 최동명의 얼굴로 시선을 옮겼다.

최동명의 얼굴은 상기된 듯 약간 달아오른 느낌이었다.

아픈 아내를 병원에 데려가지 못하던 상황에서 아내의 치료를 위해 의사를 두 명이나 데리고 집으로 돌아가는 그의 마음은 참으로 설레는 듯 들떠 있었다.

김동하가 한서영의 손을 잡으며 입을 열었다.

"서영누님!"

김동하가 살짝 한서영의 팔을 잡고 끌었다.

한서영이 머리를 돌렸다.

"응?"

"이쪽으로 잠시만……."

김동하가 조금 굳은 얼굴로 한서영을 당겼다.

한서영의 얼굴도 굳어졌다.

김동하의 표정을 보는 순간 이미 그녀도 어떤 상황이 벌어졌는지 한순간에 감을 잡은 것이다.

"너 설마 그것……."

한서영이 김동하의 가슴을 손가락으로 눌렀다.

한서영은 김동하가 인간의 죽음을 미리 감지한다는 것을 알고 있었고 그것이 천명의 권능 중의 하나라는 것도 알고 있었다.

김동하가 머리를 끄덕였다.

"그런 것 같습니다."

"세상에……."

한서영이 표정을 딱딱하게 굳히며 머리를 돌려 최동명을 바라보았다.

최동명은 상기된 얼굴로 가게로 향하고 있는 이정학의 뒷모습을 바라보고 있는 중이었다.

아내가 죽었다는 것을 미처 짐작도 하지 못하고 있는 얼굴이었다.

다만 아픈 아내를 위해 포도를 사서 두 명의 의사와 함께 집으로 돌아가는 것이 즐겁고 행복하다는 것을 노골적으로 얼굴에 드러내고 있었다.

한서영이 머리를 돌려 김동하를 바라보았다.

"어쩔 거야?"

김동하가 대답했다.

"애초에는 저분들에게 천명을 노출하지 않고 단순하게 치료만 할 생각이었는데… 그게 아무래도 천명의 권능을 저분들도 아시게 될 것 같습니다."

최동명의 집에 도착해서 주인인 최동명보다 먼저 최동명의 집으로 들어갈 순 없는 일이었다.

그리고 최동명의 아내가 죽었다는 것을 숨긴 채 최동명의 아내를 살려내는 것도 있을 수가 없는 일이었다.

어쩔 수 없이 김동하가 가진 천명의 권능을 최동명과 그의 동생들에게도 알게 할 수밖에 없는 일이었다.

한서영이 미간을 좁혔다.

김동하가 가진 천명을 감추기 위해서는 최동명의 아내 유선하의 죽음에 대해서 개입하지 말아야 했다.

한서영이 김동하에게 물었다.

"어쩔 거야?"

김동하가 최동명과 남아 있는 김설형을 보며 입을 열었다.

"다행이 저 분들의 몸에서 흘러나오는 기운이 바르고 깨

끗한 느낌입니다. 조금은 어두운 기운도 섞여 있지만 다른
사람들과 비교하면 나쁘지 않은 편이더군요. 아까 강변의
그 여인과 비교한다면 선인의 경지라고 할 수도 있을 겁니
다."

한서영이 머리를 끄덕였다.

"동하가 내키는 대로 해."

"알겠습니다."

김동하는 최동명의 아내 유선하를 다시 살려낼 생각이었
다.

그것이 자신이 가진 천명의 올바른 선택이라고 확신하고
있었다.

이내 이정학이 돌아왔다.

그의 손에는 포도송이를 담은 봉투와 한서영과 김동하를
위해서 사온 음료수 병이 들어 있는 봉투가 들려 있었다.

이내 일행이 다시 최동명의 집으로 향했다.

일행은 금방 최동명의 집에 도착했다.

낮은 블록의 담장너머로 불이 켜져 있는 스레트형 단층
주택이 보이고 있었다.

지은 지 꽤나 오래된 듯 낡은 집이었다. 집으로 들어가는
철문은 녹이 잔뜩 슬어서 힘껏 발로차면 금방이라도 뜯겨
나갈 것처럼 보였다.

최동명이 부끄러운 듯 머리를 긁으며 입을 열었다.

"이곳이 제가 사는 곳입니다. 형편이 이래서 동생들 외

에는 지인들도 초대하기가 부끄러운 곳이지요."

한서영은 아무 말도 하지 않았다.

최동명이 집안으로 들어가서 무엇을 보게 될 것인지 너무나 잘 알고 있었기 때문이다.

최동명이 웃으면서 입을 열었다.

"아내가 부끄러움을 많이 탑니다. 그래서 먼저 들어가서 의사선생님이 오셨다고 말해주어야 할 것 같습니다."

한서영이 머리를 끄덕였다.

"그렇게 하세요."

한서영의 목소리가 가라앉아 있었다.

한서영과 김동하의 눈치를 살피던 이정학이 끼어들었다.

"큰형! 선생님들이 형수를 치료하려면 방안을 좀 치워놓아야 하지 않겠어?"

최동명이 머리를 끄덕였다.

"응! 설형이가 선생님들 모시고 있고 정학이는 빨리 들어가서 집을 좀 치우자. 아침에 설거지 해놓고 나간다고 했는데 그것도 못하고 나왔어."

"알았어."

봉투를 들고 있는 두 사람이 급하게 철문을 밀고 안으로 들어갔다.

"선하야. 나 왔어."

최동명의 맑은 목소리가 정적에 잠겨있던 집을 쩌렁 울

렸다.

한서영과 김동하가 그런 그들의 모습을 물끄러미 바라보았다.

한서영과 김동하의 곁에서 형과 동생이 집으로 들어가는 것을 본 김설형이 미안한 듯 얼굴을 붉히며 입을 열었다.

"죄송합니다. 원래는 이러는 것이 도리가 아닌 줄은 알지만 형수가 너무 아파서 두 분께 폐를 끼칩니다."

한서영이 머리를 흔들었다.

"아니에요. 그보다……."

한서영은 김설형에게 형수인 유선하가 이미 죽었다는 것을 알려주고 싶었다.

하지만 그런 한서영의 마음보다 더 큰 울음소리가 들려왔다.

"어허허허허형."

집안으로 들어간 이정학의 고함소리가 터진 것도 바로 그때였다.

"형수!"

집으로 들어간 최동명과 이정학이 이미 싸늘한 시신으로 누워 있는 유선하를 발견한 것이다.

"의사선생님을 모셔왔는데… 선하야!"

최동명의 울음 섞인 목소리가 담장을 넘어서 들려오고 있었다.

한서영과 김동하의 곁에 서 있던 김설형의 얼굴이 하얗

게 질려가고 있었다.

"혀, 형수!"

콰앙—.

김설형이 단번에 철문을 밀어젖히고 집안으로 달려 들어갔다.

한서영과 김동하가 흔들리는 시선으로 그 모습을 바라보았다.

이내 집안에서 세 명의 황소 같은 남자들의 울음소리가 터져 나왔다.

한서영이 김동하를 돌아보았다.

"살려낼 수 있는 거지?"

이미 세영대학병원의 영안실에서 머리가 깨어져 참혹한 시신으로 안치되어 있었던 최은지라는 여학생을 살려내는 것을 자신의 눈으로 확인까지 했던 한서영이지만, 그럼에도 또다시 김동하에게 확신을 요구하는 것이다.

김동하가 입가에 미소를 머금었다.

"천명을 잃은 분의 영혼이 참으로 맑은 분이십니다. 당연히 살려드릴 것입니다."

"고마워."

의사임에도 늘 죽은 사람을 보면 마음이 아팠던 한서영이었다.

한서영이 김동하의 팔을 잡고 철문 쪽으로 향했다.

"들어가자. 저 세 남자가 슬퍼하는 울음소리가 너무 아프게 들려."

김동하가 머리를 끄덕였다.

"예!"

한서영과 김동하가 나란히 철문을 통해 안으로 들어섰
다.

낡은 집이었지만 현관의 입구에는 작은 화분들을 여러
개 놓아 아기자지하게 꾸몄다.

현관의 안쪽에는 남자들이 벗어놓은 구두가 어지럽게 뒹
굴고 있었고 거실에는 작은 냉장고 외에는 횅한 느낌이 들
었다.

"낡은 집이지만 깔끔하게 정리를 해놓았네."

한서영은 최동명이 집을 치운다고 하기에 지저분할 것이
라고 생각했지만 생각 외로 너무나 깔끔하게 정리가 되어
있는 모습에 살짝 놀란 얼굴이었다.

두 사람이 이내 신발을 벗고 거실로 들어섰다.

거실의 좌측이 안방이었고 안방은 활짝 문이 열려 있었
다.

최동명은 아내를 끌어안고 울고 있었다.

두 명의 동생들은 형수가 누워 있던 이부자리의 주변에
서 눈물을 흘렸다.

"어허허허형 선하야~"

최동명은 울면서 아내의 이름을 불렀다.

좁은 골목길에 다닥다닥 붙어 있는 주택이다 보니 최동

명과 그의 동생들이 우는 소리에 이웃사람들이 골목으로 얼굴을 내밀었다.

"쯧! 저 집 젊은 새댁 결국 세상을 떠났는가 보네."

"아이고 그렇게 아프더니……."

"쯧쯧 측은해서 어떡해?"

이웃들도 이미 최동명의 젊은 아내 유선하가 크게 다쳐 아프다는 것을 알고 있었다.

안타까운 마음이었고 도움을 주고 싶었지만 당장 문을 열고 들어갈 수는 없는 일이었다.

젊은 여자의 시신을 보는 것도 부담스러운 일이었지만 사람이 죽은 것은 구경거리가 아니라는 것을 이웃 주민들도 알고 있었기 때문이었다.

"형수… 흐흐흐흐흥."

이정학이 참으로 서럽게 울었다.

김설형도 형수의 죽음에 닭똥처럼 굵은 눈물을 흘리고 있기만 했다.

최동명은 아내의 시신을 끌어안고 울다가 조용히 방안으로 들어서는 한서영과 김동하를 바라보았다.

최동명의 얼굴은 눈물로 범벅이 되어 있었다.

최동명이 울면서 입을 열었다.

"죄송합니다… 선생님들… 힘들게 모셔왔는데… 제 아내가 이미 가버렸네요… 흐흐흐."

최동명은 울면서도 아내의 시신을 품에서 놓지 않았다.

최동명의 품에 안겨 있는 가냘파 보이는 유선하의 모습을 보며 한서영은 마음이 저릿했다.

참으로 고통스러워했다는 것이 유선하의 얼굴에 그대로 드러나 있었다.

가죽밖에 남지 않은 듯 깡마른 얼굴에 힘없이 늘어져 흔들리는 유선하의 가냘픈 손이 참으로 서럽게 비쳐졌다.

한서영의 옆에 서 있던 김동하의 입술이 살짝 깨물렸다.

유선하의 시신을 보는 순간 한순간에 유선하가 어떤 인생을 살아왔는지 단번에 느낄 수가 있었기 때문이다.

외롭게 살아온 여인이었다.

하지만 착하고 순수하며 자신보다는 타인을 배려하는 마음이 큰 여인이었다는 것을 너무나 확연하게 느끼고 있었다.

김동하가 아내의 시신을 안고 울고 있는 최동명을 보며 입을 열었다.

"천명을 되돌려야 하니 아내 분을 조심스럽게 다시 뉘이도록 하십시오."

최동명이 눈물로 범벅이 된 얼굴로 김동하를 바라보았다.

"예?"

한서영이 입을 열었다.

"이 사람이 다시 아내 분을 살려낼 거예요. 그러니 아내 분을 내려놓으세요."

한서영의 말에 세 사람이 눈물로 범벅이 된 얼굴로 한서영과 김동하를 바라보았다.

최동명이 더듬거렸다.

"선하… 아니 제 아내를 다시 살려주신다고요?"

아무리 천하의 명의라고 해도 죽은 사람을 다시 살려내는 의술을 가지고 있지는 않다는 것을 세 사람이 모를 리는 없었다.

이미 죽은 사람을 다시 살려내는 것은 오직 신만이 할 수 있는 기적뿐이었다.

한서영이 입을 열었다.

"처음에는 그냥 저와 이 사람이 가진 의술로 아내 분을 치료하는 것으로 나을 수 있게 해드리려 했지만 돌아가셨다면 천명을 되돌리는 것 외에는 방법이 없어요."

한서영의 말에 세 사람이 우는 것도 잊은 채 명한 얼굴로 한서영을 바라보았다.

이정학이 눈물에 젖은 얼굴로 물었다.

"천명을 되돌린다고요?"

한서영이 잠시 눈을 감았다가 떴다.

"천명을 돌리는 것은 무척 까다롭고 힘든 일이에요. 세 분이라고 해도 그것을 직접 볼 수는 없을 거예요."

"그럼?"

"저와 이 사람이 천명을 돌리는 동안 문 밖에서 기다려 주시는 것이 좋을 것 같아요."

"여기 있으면 안 됩니까?"

최동명은 싸늘한 시신이 되어버린 아내의 곁에서 조금도 떨어지기 싫어하는 얼굴이었다.

그만큼 소중한 사람이었고 최동명에게는 생명과 같은 여인이 바로 아내 유선하였다.

한서영이 머리를 흔들었다.

김동하가 천명의 권능을 시전하는 것을 다른 사람에게 보여주는 것은 절대로 감추어야 했다.

비록 최동명과 두 명의 동생들이 입이 무겁다고 해도 만일의 상황에 대처해야 하기 때문이었다.

"그건 안 될 것 같네요."

듣고 있던 이정학이 최동명을 보며 입을 열었다.

"큰 형! 선생님들이 형수를 다시 살려주신다고 하잖아. 그러니까 우리는 밖에서 기다리면 되는 일이야."

최동명이 눈물에 젖은 얼굴로 한서영을 바라보았다.

"꼭, 꼭 우리 선하… 아니 제 아내를 살려주실 수 있습니까?"

한서영이 머리를 끄덕였다.

"물론이에요. 단 아내 분이 죽었다가 다시 살아난 것을 다른 사람에게 전달하거나 실수로라도 자랑하시면 안 된다는 것을 먼저 약속해 주세요."

최동명이 눈을 껌벅였다.

한서영의 말에 세 사람이 서로 얼굴을 마주보았다.

모두가 눈물에 젖어서 번들거리는 얼굴이었다.

최동명이 입을 열었다.

"아내를 살려주신다면 제가 평생 하인이 되어서라도 그 은혜를 갚을 것입니다. 또한 선생님의 말씀대로 누구에게도 말하지 않을 겁니다."

최동명이 말을 끝내자 김설형과 이정학도 동시에 머리를 끄덕였다.

"형수만 살려주신다면 뭐든 시키는 대로 다 하겠습니다. 선생님."

"저도 그러겠습니다."

세 사람은 유선하가 다시 살아날 수 있다면 자신들의 목숨도 대신 내어놓을 만큼 절실한 얼굴이었다.

한서영이 머리를 돌려 김동하를 바라보았다.

"약속을 하셨어."

김동하가 머리를 끄덕였다.

"저도 들었습니다, 누님!"

"그럼 부탁해."

한서영이 자리를 비켰다.

최동명은 한서영 대신 김동하가 유선하의 머리가 있는 베게의 뒤쪽에 조용히 앉자 놀란 얼굴로 김동하를 바라보았다.

최동명은 아직도 아내 유선하를 내려놓지 못하고 있었다.

김동하가 최동명을 보며 입을 열었다.

"아내 분을 내려놓고 방에서 나가서 기다리세요."

최동명이 굳어진 얼굴로 아내 유선하를 다시 이불 위에 뉘였다.

그야말로 불면 날아갈 듯 가벼운 아내 유선하였다.

아내를 내려놓은 최동명이 급하게 아까 방으로 들어올 때 가지고 들어온 비닐봉투를 찾았다.

김동하가 아내를 치료하기 위해서 사오라고 한 침구와 의료기가 담겨 있는 봉투였다.

천명을 돌린다는 것이 무엇인지 모르지만 아내를 다시 살리는 것에 반드시 필요할 것이라고 생각했다.

한서영이 필요 없는 것이라고 말하려다 입을 닫았다.

최동명과 김설형 그리고 이정학이 자리에서 일어섰다.

자리에서 일어서던 최동명이 아내가 누워 있던 이부자리 옆에 떨어진 아내의 전화기를 그제야 발견했다.

아내의 죽음에 너무나 슬퍼하던 그였기에 아내의 전화기에 관심도 없었던 그였다.

전화기를 주워든 최동명이 두 명의 동생들과 함께 이내 방을 나섰다.

셋의 뒤를 따라간 한서영이 그들이 방을 나서자 곧바로 방문을 닫았다.

딸칵—

문이 닫히자 한서영이 몸을 돌렸다.

그때 김동하는 잠자듯 누워 있는 유선하의 얼굴을 물끄러미 바라보았다.

한서영이 김동하의 곁에 앉았다.

"고운 분이시네."

비록 오랜 시간 병석에서 고통을 받았지만 머리칼은 정갈했고 몸에서 나쁜 냄새도 나지 않았다.

김동하가 입을 열었다.

"남편 분께서 매번 이분의 몸을 씻겨 드렸을 것입니다."

한서영이 물었다.

"어디를 얼마나 다치신 것인지 알겠니?"

김동하가 머리를 끄덕였다.

"척추 세 곳이 부러져 있습니다. 목의 경추도 심하게 부서진 상태고요. 아마도 지독한 고통에 시달렸을 것입니다. 다리뼈도 골절이 되어 있는 상태고 내부의 장기까지 손상이 되었습니다. 이 상태로 지금까지 버텼다는 것은 남편 분의 지독한 간호가 없었다면 힘들었을 것입니다."

"그, 그래?"

한서영은 싸늘한 시신으로 누워 있는 유선하의 몸을 그저 바라보는 것만으로 어떠한 상태인지 진단하는 김동하의 능력이 새삼스럽게 느껴졌다.

한서영이 입을 열었다.

"다시 살아나신다면 두 번 다시 고통 받지 않고 편하게 살아가실 거야."

김동하가 빙긋 웃었다.

"이분 몸에 아주 소중한 것이 숨겨져 있었습니다. 누님."

"뭐?"

한서영이 놀란 듯이 눈을 부릅떴다.

김동하가 빙그레 웃으며 입을 열었다.

"아기의 씨가 숨겨져 있었습니다. 사고가 일어나기 전인 것 같은데 용케 버티고 있었더군요."

"세상에⋯⋯."

죽어가는 엄마의 모태에서 새로운 생명이 다시 싹을 틔우고 있었다는 것은 인간의 생명력이 얼마나 위대한 것인지 증명하는 것과 같았다.

아마 죽은 유선하는 자신이 죽어가면서도 본능적으로 몸속의 태아를 지키려고 했을 것이라는 생각이 들었다.

한서영이 물었다.

"그럼 아기씨도 살게 되는 거야?"

김동하가 머리를 끄덕였다.

"물론입니다. 천명은 이 여자 분의 것이지만 태아의 천명은 아기 스스로의 천명이니까요. 아마 엄마의 천명이 아기의 천명을 보호하게 될 겁니다."

그때였다.

문밖에서 굵은 남자의 울음소리가 들려왔다.

죽은 아내 유선하가 전화기에 남겨놓은 마지막 작별인사를 그제야 확인한 최동명의 울음소리였다.

그리고 최동명의 울음에 두 명의 동생들이 우는 울음소리가 함께 들려오고 있었다.

한서영이 입을 열었다.

"이분께 빨리 천명을 돌려드려."

"예!"

김동하가 머리를 끄덕이며 두 손을 자신의 입가로 가져갔다.

후우우우우.

김동하의 입에서 이내 눈부신 푸른빛이 흘러나왔다.

푸른빛의 천명은 두 손에 가득 고일 정도였다.

그 모습을 한서영이 신기해하는 얼굴로 바라보고 있었다.

몇 번이나 보았어도 여전히 김동하가 천명을 불어내는 장면은 기이하고 심장이 떨릴 정도로 묘한 감격을 안겨주었다.

두 손에 천명의 기운을 받아낸 김동하가 잠이 든 듯 누워 있는 유선하의 입가로 가져갔다.

"당신의 선한 마음이 천명을 되돌리게 만들었습니다. 부디 새로운 삶을 사시면서 그 고운 마음을 잃지 않기를 바랍니다."

나직한 김동하의 말과 함께 천명이 그녀의 얼굴에 흘러내렸다.

스스스스스스스스—

마치 모래에 물이 흡수되듯이 천명의 기운은 유선하의 몸속으로 스며들었다.

잠시 후.

푸석하게 말라 있던 유선하의 꺼칠한 얼굴에 홍조가 피어오르기 시작했고 깡마른 듯 여윈 몸이 사고가 나기 이전의 모습으로 돌아가기 시작했다.

뚜두두둑.

뚜둑.

부러진 것이라고 말해주었던 유선하의 몸의 골절부위가 원래 상태를 되찾았고 피부도 윤기를 머금기 시작했다.

세영대학병원의 영안실에서 보았던 여학생 최은지가 다시 살아나는 것과는 또 다른 모습이었다.

한서영과 김동하는 천명을 돌려받아 다시 살아나는 유선하의 모습을 그저 바라보고만 있었다.


"선하씨, 오늘 좋은 일 있어?"

봉재반장 김하선이 입가에 미소를 머금고 있는 내 얼굴을 바라보며 물어오자 나도 모르게 저절로 부끄러워졌다.

그 모습을 본 김하선 반장이 흰 이를 드러내고 웃었다.

"호호, 오빠를 만났다고 하더니 정말 좋은 일이 있는가 봐? 요즘 선하씨 얼굴에 미소가 떨어지지가 않네?"

김하선 반장의 눈이 무언가를 찾는 듯 내 얼굴을 살폈다.

말은 하지 않았지만 세상이 모두 즐겁고 행복하게만 보

인다.

지금의 이런 기분은 죽을 때까지 내 마음 깊은 곳에 감추어놓고 싶었다.

김하선 반장이 내가 작업하는 테이블에 놓인 와이셔츠를 보며 싱긋 웃었다.

"물량도 다 끝났네. 어차피 마감물량이니까 그것만 끝내고 퇴근해."

김하선 반장도 내 마음을 아는지 배려를 해주고 있었다.

"감사합니다."

"호호 감사할 게 뭐 있어? 선하씨가 손이 빨라서 재빠른 덕분인데 뭐."

말을 마친 김하선 반장이 다른 작업대로 걸어갔다.

힐끗 손목시계를 바라보자 6시가 되려면 아직 30분이나 남았다.

평소보다 이른 퇴근이었다.

하지만 이제까지 늘 기다리게만 했던 오빠를 오늘은 내가 기다린다는 것이 즐겁기만 했다.

드르르르르륵—

마지막 재봉이어서 재봉틀 소리도 신이 난 느낌이었다.

탁—

툭—

마지막 재봉이 끝나고 실을 끊어 자투리 정리까지 마치는 데까지 5분도 채 걸리지 않았다.

작업대를 치우고 주변의 어질러진 실 뭉치와 천 조각을 정리하는 것은 5분이면 충분했다.

정리를 마치고 가방을 집어 들자 5시 40분이다.

약속장소인 신길동 전철역까지는 차를 한 잔 마시고 가도 시간이 넉넉하게 남을 정도로 여유가 있다.

"저 갈게요."

작업장 끝에 서 있는 김하선 반장에게 손을 들어 퇴근을 알렸다.

김하선 반장이 손을 들어서 배웅해 주는 모습을 보며 급하게 계단을 올라갔다.

마음이 바쁘다.

오빠가 중요하게 할 말이 있다고 했던 것이 하루 종일 머리에서 떠나지 않았다.

무슨 말인지 모르지만 옷을 예쁘게 입고 나오라고 한 것에 약간 가슴이 설  다.

오늘은 내가 미리 가서 기다리고 있어야 한다는 생각으로 걸음을 서둘렀다.

초여름의 열기가 얼굴을 훅훅 달구어놓고 있었지만 가로수 나무 아래로 스쳐오는 이른 저녁의 산들바람이 열기를 밀어내 주었다.

잠시 거리의 쇼윈도에서 내 모습을 비쳐보았다.

잘 입지 않았던 치마에 굽이 낮은 구두를 신고 있는 긴 머리의 여자가 쇼윈도 속에 서 있는 모습이 눈에 들어왔다.

오빠의 눈에 행여 밉게 보이지 않을지 걱정이지만 오늘 따라 유난히 예쁘다고 말해주던 김하선 봉재반장과 오늘 맞선 볼 거냐면서 놀려대던 동료 봉희와 윤희의 시샘 어린 말투 속에서 그다지 밉지 않을 것이라고 스스로 용기를 내보기로 했다.

하긴 연흥산업에서 내 얼굴이 제일 예쁜 얼굴이라고 인정받고 있었고, 다시 만난 오빠도 내 모습이 몰라보게 예뻐졌다고 했던 말을 똑똑히 기억하고 있었다.

나도 모르게 저절로 콧노래를 흥얼거리고 있었다.

다리가 긴 여자가 부르는 트로트 노래였기에 음을 외기도 쉬웠다. 작업장에서 쉬지 않고 흘러나오는 CD음반에 담긴 음악이었기에 귀에 못이 박힐 지경이었다.

이내 약속장소인 신길동 전철역이 눈에 들어왔다.

1번 출구 앞에서 만나기로 약속했으니 그곳에서 그늘을 찾아 오빠를 기다리면 될 것이다.

1번 출구로 향하는 발걸음이 가볍다.

아직 시간은 충분하게 남았기에 오빠랑 마실 커피를 두 잔 사서 기다릴 생각이다.

얼음조각이 듬뿍 담긴 커피는 오빠가 좋아하는 음료수였다.

하긴 내 돈으로 커피를 사는 일은 해 본 적이 없었지만 오빠를 위해서라면 편의점 커피 한 잔쯤은 언제든 살 수 있었다.

편의점에 들어가 두 잔의 아이스커피를 만들어서 밖으로 나왔다.

순간 내 눈에 익숙한 한 남자의 넓은 등판이 보였다.

"어?"

편의점 입구에서 등을 돌린 채 서 있는 남자는 너무나 익숙한 사람이었다.

"오빠!"

나도 모르게 내 입에서 오빠라는 소리가 흘러나왔다.

놀란 듯 돌아보는 남자는 동명오빠였다.

"어? 너 언제 왔어?"

동명오빠가 두 잔의 커피를 손에 들고 편의점에서 나오는 나를 보며 눈을 동그랗게 뜬다.

저런 오빠의 표정은 예전에 내가 알던 동명오빠라는 것을 다시 한 번 확인시켜 주었다.

동명오빠는 내 손에 들려 있는 커피 잔과 내가 입고 있는 옷을 보며 황소처럼 눈을 끔벅이고 있었다.

"쿡!"

여전히 미련할 정도로 눈이 큰 오빠였다.

남자가 눈이 크면 겁이 많거나 바람기가 많다고 들었지만 동명오빠는 오히려 겁이 없고 여자에게 관심도 없는 편이었다.

하긴 관심이 있었다면 보육원에서 내가 그토록 오빠를 그리워했다는 것을 진즉에 알았을 것이다.

오빠에게 커피 잔 하나를 내밀었다.

"일찍 퇴근했어요. 호호."

내말에 동명오빠가 여전히 눈을 깜박이며 나를 바라보고 있었다.

팔 아픈데 커피나 좀 받지 미련하게 그냥 바라보고만 있다.

"오늘 왜 이렇게 예뻐?"

오빠의 얼굴이 조금 붉어져 있었다.

오빠의 한마디 말에 내 마음은 그저 풍선이다.

하늘로 온몸이 솟아오르는 듯한 느낌에 저절로 웃음이 흘러나왔다.

"호호 나 오늘 진짜 예뻐요?"

"응."

바보처럼 머리를 끄덕이는 오빠에게서 향긋한 향기가 느껴졌다.

뭐지 이 냄새?

코를 킁킁거리며 오빠의 곁으로 다가서는 순간 전철역 입구에서 두 명이 이쪽으로 다가왔다.

"선하야."

"선하야."

내 이름을 부르는 소리에 놀라서 눈을 치켜뜨고 바라보니 설형오빠와 막내 정학오빠의 모습이 보였다.

"뭐야? 오늘 무슨 날이에요?"

내가 놀란 듯 물어보자 동명오빠의 얼굴이 발갛게 달아올랐다.

그러고 보니 설형오빠와 정학오빠의 손에도 무언가 들려 있었다.

설형오빠는 어울리지 않게 꽃이 다발로 담겨 있는 꽃바구니를 들고 있었고 정학오빠는 본 적이 없는 정장차림에 손에 작은 상자 하나를 들고 있었다.

설형오빠와 정학오빠가 다가와서 동명오빠에게 꽃바구니와 상자를 내밀었다.

"늦지 않게 찾아왔어. 형."

"나도."

아마 두 사람은 동명오빠의 심부름을 다녀오는 모양이었다.

내가 동명오빠에게로 다시 고개를 돌리자 동명오빠의 새빨갛게 달아올라 있는 얼굴이 보였다.

"이거 뭔데요?"

"그게……."

동명오빠가 우물쭈물 거린다.

오늘 예쁘게 입고나오라고 해서 좋은 곳으로 데려가 재미있는 데이트를 할 것이라고 생각했는데 그건 아닌 것 같은 눈치다.

"뭐예요?"

예전부터 거짓말을 잘 하지 못하는 동명오빠니까 이렇게

물어보면 말해줄 것이 분명했다.

그때 정학오빠가 웃으면서 놀리듯 말했다.

"하하 큰 형이 오늘 선하에게 청혼한다고 했어. 몰랐니?"

정학오빠의 말에 머릿속이 흔들린다.

"뭐?"

"너한테 청혼을 한단 말이야, 바보야."

설형오빠도 거들었다.

머릿속을 망치로 한 대 얻어맞은 것 같다.

"이게……."

그때 내 눈에 동명오빠가 새빨개진 얼굴로 한쪽 무릎을 꿇는 것이 들어오고 있었다.

이렇게 사람이 많은데…….

"어렵게 선하 너를 다시 만난 것이 꿈만 같았다. 매일 매일이 행복했고 매일 매일이 즐거웠어. 너를 생각하면 밥을 먹지 않아도 배가 부르고 잠을 자지 않아도 졸리지 않았어. 하늘이 우리에게 부모를 선물하지 않았지만 이제 나는 선하 너를 부모처럼 지켜주고 싶어. 이 세상 그 무엇도 너를 괴롭히지 못하게 내가 지킬 거야. 부자로 살게 해주겠다는 말은 하지 않을게. 하지만 절대로 아프거나 힘들게 살게 하지는 않을 거야. 뼈가 부서질 정도로 일을 할게. 그리고 세상 그 누구보다 행복하게 해줄게. 나의 청혼을 받아주길 바라. 선하야."

"오빠……."

꿈속에서도 소망하던 순간이다.

길거리를 지나는 사람들이 웃으면서 나와 오빠를 바라보고 있다.

옆에 서 있는 설형오빠와 정학오빠도 환하게 웃으면서 나와 동명오빠를 바라보고 있었다.

심장이 떨리고 눈물이 흘러나왔다.

어떻게 오빠의 청혼을 거절하겠어?

나는 이미 오빠의 여자로 살겠다고 꿈을 꾸고 있었는데…….

몇 년을 아기처럼 울면서 오빠를 다시 만나게 해 달라고 하느님께 빌었는데… 어떻게 오빠의 청혼을 거절하겠어?

내가 세상에서 가장 간절하게 원하던 소망이었는데…….

눈물을 흘리는 내 손에 무언가 끼워지고 있었다.

그것은 이 세상에서 가장 반짝이는 황금색의 반지였다.

"아앙."

눈물을 흘리며 나도 모르게 오빠를 와락 끌어안고 말았다.

그제야 동명오빠도 울고 있었다는 것을 눈치챘다.

바보처럼 그것을 이제야 느끼다니 아무래도 나는 눈치가 좀 모자란 느낌이다.

그때 길 옆에 둘러선 사람들이 휘파람을 부는 소리가 들

렸다. 박수소리도 내 귓가에 파도소리처럼 들려왔다.

동명오빠가 나를 끌어안으며 일어섰다.

"우리 부산 갈 거야."

"부산?"

울먹이는 내 말에 동명오빠가 젖은 얼굴로 머리를 끄덕였다.

"선하와 내가 부부의 인연을 맺는 기념으로 우리 형제들 모두 부산으로 여행을 가기로 한 거야. 그래서 예쁜 옷 입고 오라고 한 거고."

"내일 출근해야 하는데?"

내 말에 동명오빠가 웃었다.

"하하, 미리 선하 회사에 부탁해 놓았어. 아마 그분들도 오늘 하루 선하를 속인다고 힘드셨을 거야. 다음 주 월요일에 출근하면 될 거야."

이런 나쁜 오빠 같으니라고.

나 몰래 이런 계획을 꾸며두고 회사 사람들이랑 나를 속였다는 것이 너무 창피하고 괘씸하다는 생각이 들었다.

하지만 지금은 너무너무 행복했다.

이제 나는 오빠의 아내가 되는 것이다.

나도 몰래 다시 눈물이 흘렀다.

아씨, 화장을 다시 해야 하는지 그게 걱정된다.

나를 안아주는 오빠의 품이 이 세상의 그 무엇보다 넓고 든든하다는 것이 다시 한 번 느껴졌다.

"사랑해."

속삭이듯 말해주는 동명오빠의 목소리가 너무나 달콤하다.

이런 소리는 매일 들어야 하는데… 결혼하면 의무적으로 아침저녁으로 나한테 해달라고 조를 생각이 머릿속을 스쳐간다.


"여자 분이 눈물을 흘리네?"

한서영은 누워 있는 유선하의 눈에서 눈물이 흘러나오는 것을 보며 살짝 입을 벌렸다.

김동하가 웃으면서 대답했다.

"과거의 한 장면을 회상하고 있을 겁니다. 행복한 기억이겠지요."

"그런가?"

한서영이 머리를 갸웃하는 순간 유선하가 눈을 떴다.

깜박.

유선하의 맑은 눈이 물기에 젖어 깜박였다.

유선하는 깊은 잠에 빠졌다가 깨어나는 느낌이었다.

익숙한 천정이 눈에 서서히 들어왔다.

오랜 시간 누워 있었기에 천정의 벽지무늬에 꽃의 숫자가 몇 개인지 알 수 있을 정도였다.

유선하의 입술이 잘근 깨물렸다.

몸을 비틀면 온몸이 부서질 것 같은 통증이 다시 느껴질

것이라는 공포심에 몸을 움직이기도 싫었다.

그 끔찍한 고통은 두 번 다시 경험하고 싶지 않았다.

그때 유선하의 귀로 낯선 여자의 목소리가 들려왔다.

"정신이 드나요?"

유선하의 눈이 깜박였다.

누군지 보고 싶었지만 몸이 굳어서 움직이지 않았다.

몸을 움직이면 다시 통증이 시작될 거라 생각했기에 움직이는 것이 두려웠다.

그때 이번에는 부드러운 남자의 목소리가 들려왔다.

"당신이 다친 곳은 모두 나았습니다. 아마 예전보다 더 튼튼해졌을 것입니다."

유선하는 낯선 남자의 목소리가 참으로 부드럽다는 생각이 들었다.

그때 누군가 유선하의 등을 부드럽게 받쳐주었다.

순간 유선하의 입이 벌어졌다.

"아!"

남편인 최동명이 자신의 머리를 씻기 위해 받쳐주던 것과는 또 다른 느낌이었다.

유선하의 머릿속이 멍해졌다.

아프지 않다는 것을 그제야 느낀 것이다.

"내, 내가……."

유선하는 그토록 자신을 괴롭히던 몸의 통증이 말끔하게 사라진 것을 이제야 실감했다.

유선하를 일어나 앉게 만든 것은 한서영이었다.

유선하가 머리를 돌려 한서영을 바라보았다.

"누, 누구세요?"

유선하는 단 한 번도 본 적이 없었던 낯선 남녀가 자신이 누워 있는 방안에 앉아 있자 가슴이 철렁 내려앉았다.

한서영과 김동하가 빙그레 웃었다.

"당신을 치료하기 위해서 당신의 남편이 우리를 이곳으로 데려왔어요."

"네?"

유선하의 눈이 커졌다.

김동하가 입을 열었다.

"두 번 다시 아프지 않을 겁니다. 다친 곳도 모두 치료했고 뱃속의 아가도 튼튼합니다."

유선하가 눈을 껌벅였다.

"내, 내가 나았다고요?"

"예!"

김동하가 머리를 힘차게 끄덕였다.

그 말을 듣고서야 유선하는 자신의 몸을 내려다보았다.

사고로 인한 투병으로 인해서 나뭇가지처럼 메말라 뼈밖에 보이지 않았던 자신의 몸이 너무나 가벼웠다.

더구나 사고가 나기 전처럼 몸에도 살이 포동하게 올라와 있었고 온몸은 날아갈 듯 쾌적했다.

"내, 내가 죽지 않은 것인가요?"

유선하는 김동하가 마지막에 해주었던 말은 미처 귀담아
듣지 못했다.

자신이 임신을 하고 있었던 상황이었다는 것도 모르고
있었던 유선하였다.

김동하가 빙그레 웃었다.

"천명을 되돌려 받았습니다."

"천명을 되돌려 받았다니… 무슨 말인가요?"

한서영이 곱게 웃으며 입을 열었다.

"다시 살아난 것이라는 말이에요. 아마 살아가면서 그
뜻이 무엇인지 천천히 아시게 될 거예요."

"……."

유선하의 큰 눈이 껌벅이고 있었다.

그때 유선하의 귀로 누군가 울고 있는 울음소리가 들려
왔다.

"이게 무슨 소리죠?"

문 밖에서는 최동명과 두 동생들이 유선하가 마지막 작
별인사로 남겨놓은 영상을 보며 울고 있었기에 방안에서
벌어지는 상황은 미처 알아채지 못하고 있었다.

최동명은 아내 유선하가 유언처럼 남겨놓은 말이 너무나
아프고 슬프게 느껴져 아이처럼 울고 있었다.

그런 최동명을 따라 두 동생도 울고 있는 중이었다.

한서영이 웃으면서 입을 열었다.

"남편 분과 남편 분의 동생들이 울고 있는 모양이네요?"

순간 유선하가 자리에서 일어섰다.

남편이 울고 있다는 말에 자신도 모르게 자리에서 일어선 것이다.

한서영과 김동하가 미소를 머금고 그런 유선하를 바라보고 있었다.

자신들로서는 이제 부부 사이에 끼어들 이유가 없었기 때문이다.

유선하가 문 쪽으로 걸어갔다.

유선하는 마치 꿈을 꾸고 있는 느낌이었다.

그토록 자신을 괴롭히던 몸의 통증도 느껴지지 않았고, 예전처럼 자신의 힘으로 걸을 수 있다는 것이 너무나 생소하고 묘한 느낌으로 다가왔다.

문 밖에서 황소의 울음소리 같은 남편의 울음소리가 들려오고 있었다.

"어허허허헝 선하야……."

"형수 ㅎㅎㅎ."

"으흐흐흐흐."

세 명의 울음소리를 듣는 순간 유선하의 눈에서도 눈물이 흘러나왔다.

꿈에서도 잊지 못하던 남편 최동명과 시동생인 김설형과 이정학의 울음소리였기에 그녀로서도 견딜 수 없어 저절로 눈물이 흘러나오는 것이다.

유선하는 자신이 죽었다 다시 살아났다는 것을 아직 모

르고 있었다.

단지 잠을 자고 일어난 느낌이 들었던 것뿐이었다.

하지만 문 밖의 남편과 두 명의 시동생들은 유선하가 죽은 것을 직접 보았고 확인까지 했다.

딸칵.

유선하가 문의 손잡이를 비틀었다.

열린 문 밖에는 세 명의 남자가 거실에 둘러앉아 유선하의 전화기를 내려다보며 울고 있었다.

전화기에서는 유선하가 남편에게 남긴 작별인사가 담긴 영상이 반복되고 있었다.

곰 같은 덩치의 남편이 어깨를 들썩이며 울고 있었다.

두 명의 시동생들은 손등으로 연신 눈물을 닦아냈다.

"오빠……."

유선하가 눈물을 흘리며 남편 최동명을 불렀다.

유선하의 목소리도 물기에 젖어 있었다.

최동명은 아내의 마지막 작별인사를 반복해서 바라보며 울고 있다가 갑작스레 등 뒤에서 들려오는 목소리에 눈물이 가득한 얼굴로 돌아보았다.

김설형과 이정학도 머리를 돌려 안방 쪽으로 시선을 돌렸다.

그들 역시 눈물로 얼굴이 흠뻑 젖어 있었다.

세 명 모두 얼마나 울었는지 두 눈이 시뻘겋게 핏줄이 터진 모습이었다.

최동명의 입이 벌어졌다.

"서, 선하야."

"형수!"

"형수!"

세 명의 눈이 마치 터져 나올 것처럼 커졌다.

유선하가 눈물이 가득한 얼굴로 환하게 웃었다.

"오빠!"

유선하의 말이 끝나기도 전에 최동명이 튕기듯 자리에서 튀어 올랐다.

"선하야!"

최동명은 유선하가 멀쩡한 모습으로 안방의 입구에 서 있는 것을 보며 참을 수 없는 격정에 유선하에게 달려들었다.

와락.

만지면 부서질 것 같이 바짝 마른 모습의 아픈 아내가 아닌 자신이 청혼을 했을 때처럼 눈부시게 아름다운 아내가 그곳에 서 있었다.

새로운 인연(因緣)

"고맙습니다. 선생님. 이 은혜를 정말 어떻게 갚아야 할지 모르겠습니다."

최동명이 무릎을 꿇고 벌겋게 달구어진 얼굴로 이마가 방바닥에 닿도록 머리를 숙였다.

최동명의 뒤쪽에 앉아 있던 김설형과 이정학도 상기된 얼굴로 머리를 숙였다.

그런 세 남자의 모습을 촉촉한 눈으로 바라보는 유선하의 얼굴도 발갛게 달아올라 있었다.

그녀로서는 살짝 잠이 들었다가 깨어난 느낌이었다.

긴 꿈을 꾸었고 그 꿈이 자신을 아프게 만들었던 흉몽쯤으로 여겨질 뿐이었다.

하지만 자신이 마지막 작별인사로 남겨놓은 전화기 속의 영상을 보며 남편과 시동생들이 울고 있었다는 것을 자신의 눈으로 직접 확인했으니, 자신이 이렇게 깨어난 것이 꿈이 아니었다는 것을 증명하고 있었다.

유선하의 시선이 한서영과 김동하에게 머리를 숙이는 남편과 시동생들의 등을 바라보았다.

여전히 소중하고 그리운 사람들이었다.

다시는 만나지 못할 것이라고 생각했기에 너무나 슬퍼서 마지막 작별인사를 남기는 것도 힘이 들었던 유선하였다.

그녀가 남편이 절을 하는 한서영과 김동하를 바라보았다.

한서영과 김동하는 울먹이면서 머리를 숙이는 최동명을 보며 어색한 미소를 머금었다.

최동명의 동생들인 김설형과 이정학도 머리를 숙이면서 고마움을 표시하고 있었다.

"형수를 살려주신 이 은혜는 평생 잊지 않을 것입니다."

김설형의 목소리는 물기로 젖어 있었다.

이정학이 한서영과 김동하를 보며 무언가를 결심한 듯한 표정으로 말했다.

"우리 형제들은 낳아준 부모가 다르지만 보육원에서 자라면서 한 형제로 살기로 약속했습니다. 가진 것이 없고 가난하게 살아왔지만 남의 것을 탐낸 적도 없고 나쁜 짓은

하지 않았다고 생각했습니다. 아픈 형수의 치료비 때문에 어쩔 수 없이 사악한 여자를 지키는 일은 했지만 그게 옳지 않다는 것을 알자 바로 그만두었지요."

한서영과 김동하는 그의 진솔한 이야기를 잠자코 들었다.

"배움이 짧아 무식하고 특별한 기술도 없어서 두 분 선생님께 은혜를 갚는 것도 막막합니다. 쓸데없이 건강한 몸뚱이 하나가 우리 형제들의 재산이라고 할 수 있을 것입니다. 앞으로 두 분 선생님께서 저희들에게 무언가 시킬 일이 있으시면 언제든 불러주십시오. 종처럼 부리셔도 두 분께서 시키는 일이라면 무엇이든 도와드리도록 하겠습니다."

이정학은 그야말로 한서영과 김동하의 종이라도 되고 싶은 심정이었다.

한서영이 이정학을 바라보며 머리를 흔들었다.

"무언가 대가를 원하고 한 일은 아니에요. 그저 가진 재능이 있으니 그것을 옳은 곳에 사용한 것뿐입니다."

한서영이 고운 미소를 머금고 유선하를 바라보았다.

유선하가 젖은 눈으로 한서영과 김동하를 바라보았다.

여자인 자신도 놀랄 정도로 너무나 아름답고 고운 여자와 그런 여자와 너무나 잘 어울리는 듬직한 남자가 자신을 살려준 의사라는 것에 유선하는 하늘의 신이 기적을 베풀어 두 명의 아름다운 천사를 자신에게 보내 주었다는 생각이 들 정도였다.

유선하가 자리에서 일어섰다.

한서영과 김동하가 부드러운 시선으로 유선하를 바라보
았다.

유선하가 최동명의 옆에 서서 나직한 목소리로 입을 열
었다.

"저의 남편인 오빠에게 들었어요. 앓고 있는 저의 치료
를 위해 두 분을 모셔왔지만 그때 제가 이미 죽어 있었다
는 것을 말이에요. 단지 아주 편한 꿈을 꾸었다고 생각했
는데 두 분께서 저를 다시 살려내신 것이라고 하시더군요.
두 분께서 저에게 주신 이 소중한 목숨을 영원히 소중하게
간직하며 살겠습니다. 그리고 이제 저에게 다시 생명을 주
셨으니 부모님처럼 모시도록 할게요. 비록 두 분께서 젊으
셔서 저 같은 딸은 없겠지만 다시 생명을 주셨으니 부모님
이라고 해도 틀린 말은 아닐 거예요. 선하가 부모님 같은
두 분께 진심으로 감사드립니다."

유선하가 곱게 한서영과 김동하를 보며 절을 했다.

유선하의 갑작스런 인사에 한서영과 김동하가 당황했
다.

"아, 아니 이게……."

최동명도 급하게 일어났다.

최동명이 일어나자 김설형과 이정학도 급히 자리에서 일
어나 유선하의 옆에 나란히 섰다.

최동명이 입을 열었다.

"아내의 말이 맞습니다. 두 분 선생님께서 저의 아내에게 새로운 생명을 주셨으니 아내의 부모님과 같을 것입니다. 아내 유선하의 남편 최동명이 아내의 부모님이신 두 분께 큰절을 올리겠습니다. 다시 한 번 두 분의 은혜에 진심으로 감사드립니다."

최동명이 큰절을 하자 김설형과 이정학이 따라서 큰절을 올렸다.

"이러지 마세요."

한서영이 다급하게 몸을 일으켜 막으려 했지만 막을 수가 없었다.

한서영이 급하게 맞절을 하자 김동하도 살짝 붉어진 얼굴로 머리를 숙였다.

기묘한 상황이었다.

난생 처음 보는 사람들이었지만 기이한 만남으로 인연을 맺고 있는 것이다.

유선하가 먼저 머리를 들었고 이어서 최동명과 두 명의 동생들이 머리를 들어올렸다.

그들의 표정은 무척 편해 보였다.

한서영이 새빨갛게 달아오른 얼굴로 김동하를 바라보았다.

한서영은 자신과 비슷해 보이는 나이의 사람들에게 부모라는 황당한 말을 듣자 당황하는 기색이 역력했다.

김동하도 마찬가지였다.

한서영이 새빨갛게 달아오른 얼굴로 입을 열었다.

"저희들을 부모처럼 생각하신 다는 것은 감당할 수가 없어요."

김동하도 입을 열었다.

"저 역시 마찬가집니다. 나이도 어린 저희들이 어찌 네 분의 부모가 되겠습니까? 그저 소중하게 생각해 주시는 네 분의 마음만 받도록 하겠습니다."

그 말에 최동명이 정색을 한 얼굴로 한서영과 김동하를 바라보았다.

"태어나면서 버림을 받아 평생 부모의 얼굴도 모르고 살아온 저희들입니다. 부모를 가져본 적이 없었기에 부모를 가진 느낌이 어떤 것인지도 모릅니다. 하지만 누군가에게 진심으로 감사한 마음이 생기고 그 분들을 평생 아끼고 은혜에 보답해야 한다는 마음이 부모를 가진 사람들의 마음이라면, 지금 저희들의 마음이 바로 그것입니다. 두 분의 나이가 젊고 저희와 비슷하다고 해도 저희는 전혀 부끄럽지 않습니다. 그저 두 분을 우리는 한 번도 품어본 적이 없었던 부모님처럼 생각하겠다는 것입니다."

최동명은 절대로 자신의 마음을 바꾸고 싶은 생각이 없었다.

그것은 아내인 유선하와 두 명의 동생들도 모두 마찬가지였다.

평생 고아로 살아온 사람들이었다.

부모가 누군지도 모르고 평생 누구를 부모로 모셔본 적이 없었다.

어릴 때는 보육원의 원장님을 한때 부모님으로 생각했다.

하지만 보육원에서 함께 자라던 막내 이정학이 심하게 아플 때 병원에도 데려가지 않고 아무렇게나 방치하던 것을 보고 부모라는 생각을 버렸다.

거기다 부모가 없이 버려진 자신들을 키워준 것은 국가에서 보육원에 지원하는 거액의 국가보조금 때문이라는 원장의 냉혹한 말에 실망했다.

스스로 살아갈 방법을 생각하기 시작했던 것도 그때부터였다.

그 때문에 강해지기로 결심했다.

운동을 시작한 것도 그때부터였고 피가 다른 두 명의 동생들을 챙기기 시작한 것도 그때부터였다.

유선하도 마찬가지였다.

유난히 최동명을 오빠라 부르며 졸래졸래 따라다니던 코흘리개 여자아이 유선하는 보육원에서 제일 듬직한 사내였던 최동명을 친오빠처럼 따르고 있었다.

최동명으로서는 어리다고만 생각했고 가엽다는 생각만 했을 뿐이었다.

유선하가 언제부턴가 자신의 마음에 오직 최동명을 한

명의 남자로 각인시키고 있을 것이라곤 꿈에도 생각하지 못했다.

나이가 들어서 최동명이 보육원을 떠나야 할 때가 오자 보육원의 뒤쪽 담벼락에 기대어서 밤새 울었던 유선하였다.

사춘기가 막 시작되었던 유선하로서는 최동명이 보육원을 떠나자 하늘이 무너지는 듯한 상실감을 겪었다.

유선하에게 최동명은 이 세상에서 유일하게 존재하는 남자이자 친 혈육과 같은 존재였다.

그런 하늘이 유선하에게서 떠나간 것이다.

보육원을 나와서 길에서 우연히 최동명을 만나게 된 날을 유선하는 죽을 때까지 잊을 수가 없었다.

그 후 새침데기 울보였던 자신에게 청혼을 하며 황소 같은 큰 눈에 눈물을 가득 담고 바라보던 최동명의 모습은 시간이 지나도 잊히지 않았다.

그날은 유선하에게서 평생에 단 한 번뿐인 가장 행복했던 순간이었다.

그런 그들에게 지금 한서영과 김동하는 그야말로 너무나 소중한 사람들이었다.

평생 은혜를 갚아도 다 갚지 못할 정도로 큰 선물을 안겨 준 사람이 한서영과 김동하였다.

그렇기에 마음을 바꿀 생각이 전혀 없는 것이다.

한서영이 잠시 눈을 깜박이다가 입을 열었다.

"그럼 그러지 말고 차라리 친구처럼 지내기로 해요. 어차피 단순하게 이것을 끝으로 헤어질 인연이 아니라면 그게 좋겠어요."

천명을 돌려준 것으로 맺어진 인연이다.

이것으로 끝날 인연이 아니라는 것은 한서영도 이미 알고 있었다.

그 때문에 가장 적당한 친구라는 관계를 떠올린 것이다.

한서영으로서는 부모처럼 생각한다는 과분한 제안은 받아들이기 힘들었기에 적절한 제안을 한 것이었다.

김동하도 머리를 끄덕였다.

"그게 좋겠습니다. 말씀을 들어보니 네 분 모두 외롭게 살아오신 분들이신 것 같으니 이참에 친구와 같은 인연으로 지냈으면 좋겠습니다."

최동명이 눈을 껌벅이며 한서영과 김동하를 바라보았다.

최동명이 입을 열었다.

"두 분은 의사선생님들이십니다. 더구나 제 아내가 다시 살아나게 해 주신 하늘같은 은혜를 베풀어 주신 분들이십니다. 어떻게 저희처럼 무식하고 가난한 사람들과 친구가 되겠습니까?"

유선하도 거들었다.

"오빠의 말이 맞습니다. 두 분 선생님들처럼 예쁘고 훌륭하신 분들이 어떻게 가난하고 가진 것 없는 저희와 친구가 될 수 있겠어요?"

김동하가 머리를 흔들었다.

"친구라는 것은 언제든 부담 없이 찾아가 만날 수 있는
사이를 의미합니다. 매번 이렇게 부담스럽게 저와 누님을
대하신다면 어떻게 다시 이곳을 찾아올 수 있겠습니까?
그리고 네 분께서 서로 부부와 형제로 함께 어울려 살아가
시는 것을 보니 친구로 어울려도 참으로 좋겠다는 생각이
드는군요."

최동명이 잠시 생각하다가 입을 열었다.

"정말로 보잘것없는 저희를 친구로 생각해 주시겠습니
까?"

한서영이 머리를 끄덕였다.

"물론이에요. 아니 이참에 한 가지만 물어볼게요."

한서영이 유선하를 바라보았다.

"이름이 유선하씨라고 했죠?"

유선하가 큰 눈을 껌벅이며 대답했다.

"네."

"올해 나이가 몇 살이세요?"

갑작스런 한서영의 물음에 유선하가 놀란 듯 입을 살짝
벌렸다.

"스, 스물넷이에요."

한서영이 머리를 끄덕였다.

"난 스물여섯. 그러니까 내가 언니네요? 맞아요?"

"네… 맞아요."

"그럼 언니라고 해봐요. 그리고 내 이름은 한서영이에요. 그러니까 서영언니라고 하면 될 거예요."

한서영은 이참에 확실하게 부모라는 제의를 바꾸게 만들 생각이었다.

유선하가 차마 말을 못하고 큰 눈을 깜박이며 남편 최동명을 바라보았다.

최동명의 얼굴도 굳어져 있었다.

생각지도 못했던 한서영의 제안이었다.

아내로서는 선뜻 그 제안을 받아들이는 것이 힘들 거라고 생각했다.

그때였다.

"저부터 선하누님으로 부르도록 하지요. 저는 올해 나이 열여덟 살이며 김동하라고 합니다. 앞으로 동하동생이라고 부르시면 될 겁니다."

김동하의 입가에 미소가 걸려 있었다.

한서영이 먼저 선수를 쳐서 아예 최동명 부부에게 못을 박아버린 것이 참으로 절묘했다고 생각했다.

최동명과 유선하 부부를 비롯해서 최동명의 동생들인 김설형과 이정학이 놀란 얼굴로 김동하를 바라보았다.

한서영에게 김동하 역시 의사선생님이라고 들었기에 자신들보다는 몇 살이나 많은 것으로 생각하고 있었다.

조금 어려 보이긴 했지만 무척 잘생긴 동안의 얼굴을 가진 의사선생님으로 여겼다.

그런 김동하가 고작 열여덟의 어린 나이라는 것에 저절로 얼굴이 굳어졌다.

최동명이 눈을 껌벅이며 물었다.

"두 분께서는 부부 사이가 아니셨습니까?"

지금까지 최동명은 한서영과 김동하가 부부 사이라고 생각하고 있었다.

더구나 김동하가 한서영을 칭하면서 누님이라는 호칭을 사용하기에 자신의 아내 유선하가 자신을 부를 때 오빠라고 부르는 것처럼 연하의 남편이 아내를 그렇게 부르는 수도 있을 수 있다고 생각했던 참이었다.

그런데 김동하가 고작 열여덟 살이라는 것에 기가 막힐 정도였다.

한서영이 살짝 웃으면서 입을 열었다.

"언젠가는 부부가 되겠지만 아직은 아니에요. 해야 할 일을 마치면 부부가 되겠지만 말이에요."

김설형이 놀란 얼굴로 김동하를 바라보았다.

"의, 의사 선생님이 아니셨습…니까?"

김동하의 나이를 들은 순간 존댓말을 하기가 갑자기 어색해진 김설형이었다.

김설형의 옆에 있던 이정학도 놀란 얼굴로 김동하를 바라보았다.

한서영이 살짝 웃으면서 입을 열었다.

"아니에요. 확실히 동하는 의사예요. 이 세상에서 가장 훌륭한 실력을 가지고 있는 천재의사라고 할 수 있겠죠. 그쪽의 형수이신 선하동생도 동하가 치료해서 살려낸 거예요. 난 그저 동하가 치료할 때 거들기만 했을 뿐이었어요."

한서영의 말에 최동명과 유선하 그리고 김설형과 이정학이 놀란 얼굴로 김동하를 바라보았다.

김동하가 멋쩍은 표정으로 뒷머리를 슬쩍 긁었다.

"열여덟의 나이에 의사가 될 수 있나?"

최동명이 놀란 얼굴로 김동하를 바라보았다.

열여덟 살의 나이를 가진 의사가 있다는 말은 어디에도 들어본 적이 없었다.

만약 그런 의사가 존재한다면 대한민국에서 모르는 사람이 없을 정도로 화제가 되었을 것이다.

또한 행여 그런 의사가 존재한다면 그 병원에 환자들이 진료를 위해 방문할지도 의문이었다.

어린 나이의 의사이니만큼 당연하게 그 의술이 미천하다고 생각할 것이다.

나이가 어린 의사가 가진 의술실력을 사람들이 의심하고 불안하게 생각할 것은 당연했다.

한서영이 최동명의 생각을 읽은 것처럼 입을 열었다.

"동하는 세상에 알려지지 않은 의사예요. 하지만 그 실력은 누구도 따를 수 없을 거예요. 동하의 의술실력은 아내 분이신 선하동생을 보면 증명이 될 거니까요."

"아!"

최동명의 입이 벌어졌다.

한서영이 빙긋 웃으며 다시 입을 열었다.

"동하에게 치료를 받는 것은 어쩌면 선택된 사람만 받을 수 있는 하늘이 내려준 기회라고 할 수 있을 거예요. 아무나 치료해 주지 않지만 그 아무나가 누구든 될 수도 있어요. 아내 분인 선하동생을 이렇게 치료할 수 있게 아까 한강변에서 우릴 만난 것도 아마 남편 분이 아내를 사랑하는 마음을 예쁘게 보셔서 하늘이 동하를 만나게 해준 기회일 수도 있었단 말이죠."

"세상에……."

최동명이 멍한 표정으로 김동하를 바라보았다.

김동하가 웃으면서 입을 열었다.

"하하하, 그렇게 귀신을 본 듯한 표정으로 보지 마십시오. 그리고 선하누님의 부군이시라면 당연히 저보다 나이가 연장자가 되실 터이니 앞으로 형님으로 부르도록 하지요."

"이, 이게……."

이정학이 눈을 껌벅이며 김동하를 바라보았다.

"저, 정말 열여덟 살…입니까?"

이정학도 김동하의 실제나이를 알게 되자 사뭇 어색한 느낌이 들었다.

둘째형인 김설형처럼 지금까지 김동하를 잘생긴 동안의 의사선생님으로만 생각하고 있었던 것이다.

김동하가 머리를 끄덕였다.

"물론입니다."

"난 스물다섯인데……."

이정학의 나이는 스물다섯이었다.

한서영보다는 한 살 어린 나이였지만 김동하보다는 일곱 살이나 많은 나이였기에 열여덟 살의 김동하를 대하는 것이 참으로 어색했다.

김동하가 흰 이를 드러내며 웃었다.

"저보다 일곱 살이나 많으신 형님이시네요."

보고 있던 김설형이 끼어들었다.

"난 스물일곱 살인데."

"하하 아홉 살 많으신 형님이십니다."

김동하는 아무런 거리낌 없이 편하게 형님이라는 호칭을 사용했다.

한서영이 최동명을 보며 물었다.

"선하동생의 남편 분은 몇 살이세요?"

최동명이 어색한 기침을 흘렸다.

"흠! 난 스물아홉 살입니다."

"그럼 저보다 오빠시네요?"

"이, 이게……."

최동명은 지금의 상황이 어색했다.

아내를 살려주신 은인에게 진심으로 고마움을 전하려다 예상치 못한 관계로 흘러가는 것이 참으로 머쓱했다.

그때 유선하가 끼어들었다.

"오빠! 서영언니의 말대로 해요. 서영언니가 원하신다면 그렇게 하세요."

유선하가 아예 한서영을 서영언니로 부르고 있었다.

최동명이 뒷머리를 긁었다.

"이거 이래도 되는 것인지 모르겠는데……."

한서영이 빙긋 웃었다.

"선하의 말대로 하세요. 그리고 어차피 우리가 선하동생을 치료하려고 한 것은 보수를 원하고 한 것이 아니었기에 편하게 받아들이시면 될 거예요."

최동명이 김동하와 한서영을 번갈아 바라보았다.

"정말 우리들을 친구로 받아들여 주시겠습니까?"

한서영이 머리를 끄덕였다.

"물론이에요. 그리고 저나 동하는 절대로 함부로 누군가와 인연을 맺진 않아요. 어쩌면 이것도 하늘이 정해준 인연이라고 해야 할 거예요. 착하게 살아온 선하동생이 천명을 돌려받아 다시 새로운 삶을 살 수 있게 하늘이 오빠 분과 동생 분들을 우리랑 만나게 해 준거라고 생각해요."

최동명이 머리를 숙였다.

"모자라지만 우리를 친구로 받아들여 주신다면 평생 두 사람이 나의 아내에게 베풀어준 은혜에 형제처럼 변치 않

는 의리로 보답하겠소."

최동명이 다시 한 번 머리를 숙였다.

김동하와 한서영도 마주 머리를 숙였다.

김동하가 입을 열었다.

"새롭게 맺어진 인연이지만 앞으로 편한 형님들처럼 생각하겠습니다. 그리고 저를 동생으로 생각하신다면 지금부터는 말도 편하게 하시면 좋겠습니다."

"고맙다. 동하동생."

최동명의 입에서 결국 김동하를 동생이라고 부르는 말이 흘러나왔다.

순간 김설형과 이정학도 거의 동시에 이름을 불렀다.

"동하동생!"

"하하 동하동생!"

어려운 자리였기에 그동안 참고 있었던 호칭이었다.

평생 외롭게 살아온 그들이었기에 외부인이 그들의 영역에 들어서지 못하게 늘 보이지 않는 경계막을 쳐놓고 살아온 사람들이었다.

그런 그들의 경계선의 안쪽으로 김동하와 한서영이 들어선 것은 그들에게는 새로운 가족이 만들어 진 것과 같은 감격을 안겨주었다.

유선하가 한서영의 손을 꼭 잡았다.

"고마워요 서영언니. 진짜 꼭 친언니처럼 생각할게요."

한서영이 하얀 이를 드러내며 웃었다.

"물론이야. 나도 친동생처럼 생각할게. 나중에 내 진짜 친동생인 유진이도 소개시켜줄게. 선하동생이랑 동갑인데 개도 착해."

유선하가 손끝으로 눈 끝을 찍어내고 있었다.

하늘 아래 남편과 시동생들밖에 없었던 그녀에게 새로운 가족이 생겨났으니 참을 수 없이 행복한 느낌이었다.

한서영이 모두를 돌아보며 입을 열었다.

"지금의 이 인연이 잠시는 어색할지 모르지만 시간이 흐르면 자연스럽게 친한 느낌이 들 거예요."

유선하가 눈물이 그렁한 얼굴로 한서영을 보며 입을 열었다.

"내가 제일 부러워했던 게 뭔지 알아요? 서영언니."

한서영이 유선하를 돌아보았다.

유선하가 손등으로 눈물을 닦으며 입을 열었다.

"명절이면 갈 곳이 생겼다는 거예요. 오빠도 그렇고 시동생들도 명절이면 갈 곳이 없어 이곳에 모여서 그냥 우리끼리만 지냈어요. 그런데 이젠 갈 곳이 생겼어요. 명절이면 한복을 곱게 입고 오빠 손 잡고 언니한테 갈 거예요. 내 언니니까. 내 동생이니까……."

말을 하는 유선하의 볼을 타고 눈물이 흘러내렸다.

한서영이 그런 유선하의 볼을 가만히 닦아주었다.

"그래 언제든 와. 상 위에 음식 가득 차려서 선하동생이랑 제부가 올 때까지 기다릴게."

최동명이 머리를 숙였다.

"고맙습니다. 아내에게 언니가 되어 주셔서 진심으로 감사합니다."

"호호 저보다는 동하에게 감사해야 할 거예요. 동하가 아니었다면 천명을 돌려주지 못했을 것이니 만약 그랬다면 선하동생을 진짜 잃을 뻔했으니까 말이에요."

최동명이 김동하를 보며 머리를 숙였다.

"동하동생. 아내를 살려줘서 진짜 고마워. 평생 살아가며 이 모자란 형이 가진 의리와 우애로 은혜를 갚을게."

김동하가 싱긋 웃었다.

"선하누님이 참으로 선하게 살아오신 보답을 받으신 겁니다. 형님이 선하누님을 아껴주신 그 마음도 같이 말이지요."

그때 김설형이 물었다.

"그런데 아까 자꾸 천명이라고 하는데 그게 뭔지 물어도 될까? 동하…동생."

어색하게 동생이라는 말을 하는 김설형의 얼굴이 살짝 붉어졌다.

한서영의 말대로 기묘한 인연으로 맺어졌지만 익숙해지는 것에는 조금의 시간이 걸리는 반응이었다.

한서영이 김동하를 바라보았다.

김동하도 한서영을 힐끔 바라보았다.

잠시 눈을 깜박이며 서로의 시선을 마주하던 중 한서영

이 머리를 돌려 최동명과 유선하 그리고 김설형과 이정학의 얼굴을 차근하게 살폈다.

한서영이 입을 열었다.

"지금부터 듣게 될 말은 어디에 전해서도 안 되고 말해서도 안 돼요. 아까 선하동생을 치료할 때 미리 약속해 두었던 것을 다시 다짐받는 거예요."

한서영의 말에 최동명과 두 동생들은 유선하를 치료하기 전에 한서영이 했던 말을 머릿속에서 다시 떠올렸다.

유선하가 죽었다가 다시 살아났다는 사실을 어디에도 전하거나 자랑하면 안 된다는 한서영의 당부가 세 사람의 머리에 선명하게 떠올랐다.

최동명이 머리를 끄덕였다.

"기억하고 있습니다."

김설형도 머리를 끄덕이며 대답했다.

"물론입니다. 비록 이렇게 살지만 우리 형제들은 입 하나는 무겁다고 자부합니다."

"약속하겠습니다."

마지막으로 이정학까지 굳은 얼굴로 대답했다.

한서영이 잠시 눈을 감았다가 떴다.

한서영의 고운 입술이 열렸다.

"그럼 믿고 말씀드릴게요. 처음에는 선하동생을 치료만 하고 돌아갈 생각이었어요. 하지만 아까 우리가 이곳에 도착했을 때 선하동생이 이미 천명을 잃었다는 것을 알게 되

었어요. 동하의 의술과 저의 진단으로 선하동생을 치료할 것으로 생각했는데 이미 선하동생이 천명을 잃은 상황이니 그것도 소용없는 일이 되었어요."

그때의 순간을 떠올리며 한서영이 말을 이어갔다.

"선하동생을 다시 살려낼 수 있는 것은 동하가 가진 천명의 권능밖에 없었는데 그것은 함부로 다른 사람에게 보여줄 수 없는 것이란 게 문제였죠."

듣고 있던 유선하가 굳은 얼굴로 물었다.

"어, 언니 그 천명이라는 것이 저의 생명을 의미하는 것이에요?"

한서영이 머리를 끄덕였다.

"응!"

"세상에……."

유선하를 비롯해 최동명과 김설형 그리고 이정학이 놀란 얼굴로 한서영을 바라보았다.

한서영이 말을 이었다.

"선하동생의 말대로 천명은 사람이 태어날 때 하늘이 그 사람에게 처음으로 부여한 생명을 의미해요. 동하는 그 천명을 회수할 수도 있고 돌려줄 수도 있는 힘을 가지고 있어요."

"아!"

"아!"

한서영의 말을 듣고 있던 최동명 부부와 두 동생들이 저절로 입을 벌렸다.

그제야 어떻게 죽은 유선하가 다시 살아나게 된 것인지 단번에 이해가 되었다.

유선하는 자신이 죽어 있었다는 것에 기묘한 느낌이 들었다.

단지 깊은 잠을 자고 깨어난 느낌이었지만 실은 자신이 생명을 잃었다는 것에 가슴이 떨려왔다.

만약 최동명이 한서영과 김동하를 만나지 못했다면 자신은 한 줌의 재로 이 세상에서 사라졌을 것이 분명했기 때문이다.

한서영이 마지막으로 입을 열었다.

"내가 천명에 대해서 외부에 알리지 말고 비밀로 지켜 달라고 하는 것은 동하가 가진 천명의 권능이 외부에 알려질 경우 동하에게 어떤 일이 벌어지게 될 것인지 알고 있기 때문이에요. 아마 예상하시겠지만 세상 사람들 모두 동하에게 몰려올 것이 분명해요."

한서영의 말에 네 명이 모두 머리를 끄덕였다.

김동하의 천명의 권능이 세상에 드러나게 될 경우 어떤 일이 벌어지게 될 것인지는 누가 봐도 뻔했기 때문이다.

한서영의 말을 모두 들은 유선하가 김동하를 보며 입을 열었다.

"동하동생이 나한테 돌려준 그 천명이라는 것을 내 눈으로 볼 수 있을까?"

김동하가 담담한 얼굴로 머리를 끄덕였다.

"보여드리지요."

김동하가 이내 자신의 손위에 약간의 천명을 불어내었다.

후우우우.

사르르르르르.

김동하의 입을 통해 푸르고 밝은 말로는 형용하기 힘든 빛의 결정이 흘러나왔다.

유선하와 최동명은 물론이고 김설형과 이정학까지 김동하의 입에서 흘러나온 너무나 신비한 빛으로 뭉쳐진 천명의 실체를 보며 입을 벌렸다.

몇 번 봤던 한서영도 감탄하긴 마찬가지였다.

유선하가 큰 눈을 깜박이며 김동하의 손 위에 놓인 천명의 결정체를 바라보았다.

"아아… 너무 아름다워."

유선하는 천명이 너무나 아름답게 느껴졌다.

저 빛으로 뭉쳐진 결정체가 다시 자신을 살려낸 것이라고 생각하자 마치 자신이 품고 있는 자신만의 빛과 같다는 생각이 들었다.

최동명과 김설형 그리고 이정학도 김동하의 손 위에서 찬란하게 빛나고 있는 천명의 실체를 보며 마치 꿈을 꾸는 느낌이 들었다.

"저게 선하를 살려낸 천명이었다니……."

최동명의 눈이 꿈을 꾸듯 몽롱한 시선으로 신비로운 빛을 흘리는 천명의 실체를 바라보았다.

모두에게 천명을 확인시켜 준 뒤에 김동하의 천명은 다시 김동하의 몸속으로 돌아갔다.

김동하와 한서영은 천명의 실체를 확인한 네 사람을 부드러운 시선으로 바라보았다.

한서영이 입을 열었다.

"방금 보았듯이 동하에겐 신이 부여한 권능이 있어요. 그 때문에 절대 비밀로 지켜달라고 부탁한 거예요."

최동명이 머리를 끄덕였다.

"내 목에 칼이 들어와도 동하동생의 비밀은 반드시 지켜 줄 것입니다."

김설형도 같은 마음이었다.

"저 역시 마찬가집니다."

"저도요."

이정학까지 천명에 대한 비밀을 지킬 것을 다시 한 번 약속했다.

한서영이 밝은 표정으로 입을 열었다.

"이제 우리는 돌아가야 할 것 같네요."

한서영의 말에 유선하와 최동명이 이구동성으로 입을 열었다.

"안 돼요, 언니."

"아, 아닙니다. 그럴 순 없습니다."

두 부부가 같은 말을 하자 한서영과 김동하가 두 사람을 바라보았다.

　유선하가 입을 열었다.

　"언니에게 밥을 해 주고 싶어요. 제가 아픈 바람에 오빠에게도 한동안 밥을 해주지 못했는데 이렇게 완벽하게 새로운 몸으로 태어났으니 오랜만에 제가 밥을 할 거예요. 그냥 한술만 드시고 가세요. 반찬도 없고 요리 실력도 모자라지만 정성으로 지어서 언니와 동하동생에게 대접하고 싶어요."

　유선하의 얼굴에는 간절함이 떠올라 있었다.

　유선하에게는 처음으로 남편인 최동명과 두 명의 시동생들 말고 새로운 가족이 생긴 날이었다.

　이런 날을 그냥 보내기는 너무나 싫었다.

　최동명도 입을 열었다.

　"그렇게 하십시오. 처음으로 제가 세상에 태어난 것을 후회하지 않고 기뻐한 날입니다. 이렇게 의사선생님이신 처형도 만났고 신의 능력을 가진 동하동생을 만난 날인데 이대로 보내드리기에는 너무나 아쉽습니다. 그러니 제발 제 아내인 선하가 해 주는 밥이라도 한 끼 드시고 가십시오."

　최동명의 얼굴에도 간절함이 떠올라 있었다.

　최동명의 말이 끝나자마자 김설형과 이정학도 머리를 숙이며 애원했다.

"제발 형님과 형수님의 부탁을 거절하지 말아주십시오. 외롭게 살아온 저희 형제들에게 이렇게 운명처럼 이어진 인연으로 두 분을 만났는데, 부디 조금이라도 더 기쁨을 누릴 시간을 내어 주시길 부탁드립니다."

김설형이 김동하를 보며 입을 열었다.

"동하…동생. 제발 부탁이야. 누님과 함께 이곳에서 식사라도 하고 돌아가겠다고 말해줘."

김설형의 간절한 부탁에 김동하가 머리를 긁적였다.

한서영이 손으로 입을 가리고 살풋 웃었다.

"호호 알겠어요. 하긴 이대로 돌아가는 것은 참 아쉽겠네요."

한서영이 허락을 하자 유선하와 최동명이 너무나 밝게 웃었다.

유선하가 최동명을 보며 입을 열었다.

"오빠! 가게 가서 언니와 동하동생에게 대접할 음식을 사와요. 술도 사오고 안주도 사와야 할 거예요. 우리 집에는 김치 빼고는 별로 찬이 없어서……."

집안의 냉장고에 들어 있는 것이라곤 아픈 유선하가 먹을 포도 한 송이와 방금 사온 음료수뿐이었다.

김치도 유선하가 사고를 당하기 전에 담가 놓은 것이 전부였기에 그것도 바닥이 보일 지경이었다.

최동명이 급하게 자리에서 일어섰다.

"응! 바로 다녀올게."

최동명이 일어서자 김설형과 이정학이 급하게 최동명의 손을 잡았다.

"아니야. 형은 형수가 음식 만드는 것을 도우면서 그냥 집에 있어. 나랑 정학이가 다녀올게."

최동명이 엉거주춤한 얼굴로 두 동생을 바라보았다.

잠시 망설이던 최동명이 머리를 끄덕였다.

"알았어. 그럼 고기도 좀 사고 술이랑 안주도 푸짐하게 사와. 하하 이 지갑 안에 있는 돈 다 쓴다고 해도 상관없어. 알았지?"

최동명이 웃음을 터트리며 자신의 바지 뒷주머니에서 지갑을 꺼내 김설형에게 건넸다.

김설형이 형의 지갑을 받아들고 신이 난 얼굴로 방을 나섰다.

그런 김설형의 뒤를 막내 이정학이 상기된 얼굴로 뒤따라 나서고 있었다.

형수인 유선하가 사고로 다친 이후에는 형제들이 함께 모여 술을 마시는 일도 없었다.

아픈 아내를 두고 혼자서 술을 마실 마음이 없었던 최동명이었다.

하지만 이제는 완벽하게 나은 몸으로 자리를 털고 일어난 유선하로 인해서 진탕 술을 마셔볼 참이었다.

걱정도 없고 마음의 부담도 없다는 것은 그야말로 최상의 술안주가 될 것이다.

동생들이 신이 난 얼굴로 집을 나서는 것을 미소를 머금고 바라보는 최동명의 입에도 침이 고이고 있었다.

오랜만의 술자리가 될 것이다.

한서영과 김동하에게 술을 마시는 것을 물어보지 않았지만 아무래도 좋았다.

아내와 함께 오랜만에 기분 좋은 술 한잔을 마신다는 것만으로 최동명은 날아갈 것 같은 기분이었다.

유선하는 새롭게 인연을 맺은 한서영과 김동하에게 대접할 음식을 만들 준비를 하는지 주방이 약간 부산스러웠다.

한서영이 미소를 머금고 주변을 둘러보았다.

유선하가 아픈 와중에도 집안은 참으로 깔끔하게 정리가 되어 있었다.

아픈 아내를 위해 최동명이 집안정리를 빠트리지 않고 매일매일 해놓은 탓이다.

비록 부족한 것이 많은 살림이고 가난이 느껴지는 살림살이였지만 하나하나 장만하면서 두 부부는 새로운 인생을 꿈꾸고 있었다.

탁탁탁탁—.

주방에서 유선하가 무엇을 다듬는 것인지 칼질소리가 들려오고 있었다.

뜨겁지만 가슴속에서 너무나 청량한 느낌이 느껴지는 한여름 밤의 풍경이었다.

방에 앉아 있던 한서영이 김동하의 손을 꼭 잡았다.

참으로 고운 마음을 가진 유선하에게 천명을 돌려준 것에 대한 감사함 때문이었다.

　김동하의 맑은 시선이 한서영의 얼굴을 바라보았다.

　"오빠!"

　주방에서 유선하의 목소리가 들렸다.

　"응!"

　최동명이 급하게 일어나 거실로 나갔다.

　"냉장고에 얼음이 없어. 오빠가 좀 다녀와."

　시원한 오이냉국을 만들려던 유선하가 냉장고에 얼음이 없다는 것을 그제야 확인한 모양이었다.

　최동명이 급하게 문 쪽으로 향했다.

　"빨리 다녀올게."

　"응!"

　유선하의 맑은 목소리가 높았다.

　한편 유선하의 집에서 울음소리가 터져 나오자 결국 앓고 있던 유선하가 죽었다고 생각했던 동네주민들은 갑자기 유선하의 집에서 웃음소리가 흘러나오는 것을 듣고 어리둥절한 듯 유선하의 집을 기웃거리고 있었다.

　"어머. 새댁이 죽은 게 아니었네?"

　"세상에 무슨 이런 조화가 있어?"

　"그럼 아까 울음소리는 새댁이 나았다고 울어댄 거여?"

　"아 더워."

　동네주민들이 어리둥절한 얼굴로 기웃거리는 유선하의

집 대문을 열고 최동명이 너무나 밝은 얼굴로 걸어 나왔다.

최동명은 자신의 집 앞에서 기웃거리는 이웃주민들을 보며 환한 얼굴로 인사를 했다.

"안녕하세요?"

무더운 한여름 밤의 인사였지만 그런 최동명의 목소리에는 힘이 넘쳤다.

인사를 마친 최동명이 뛰는 듯 집 앞을 빠져나갔다.

가게로 간 두 동생들을 따라잡기 위해서는 발걸음이 빨라야 한다는 것을 알고 있었기에 거의 뛰듯이 골목을 달려가고 있었다.

둥근 한여름의 보름달이 하늘 위에서 환하게 골목을 비쳐주고 있는 밤이었다.

차가운 피

띠리리리릿—

책상 위에 놓인 전화기가 울리자 정인학 대리가 주변을 둘러보고 전화를 받았다.

"네. 기조실 정인학 대립니다."

앞자리의 최진선 대리는 아예 머리조차 들고 있지 않았다.

각자의 업무에  기고 있었기에 동료의 전화에 관심을 갖는 직원은 없었다.

정인학 대리의 귀로 굵직한 사내의 목소리가 들려왔다.

—접니다. 어제 지시한 각 지사별 동신화학 화장품 매출

현황자료 가지고 들어오세요.

정인학 대리의 귀에 들려오는 목소리는 기조실의 최고 책임자이자 동신그룹의 총수인 박강희 회장에 버금가는 영향력을 가지고 있다고 알려진 기획조정실장 박영진이었다.

정인학 대리의 얼굴이 굳어졌다.

아직 매출현황의 자료가 집계되지 않았기에 자료를 제출할 수가 없었다.

각 계열사별로 현황을 올려달라고 통보했지만 몇 군데서 자료가 올라오지 않았기 때문에 정확한 통계를 확정할 수가 없는 상황이었다.

정인학 대리가 더듬거리며 입을 열었다.

"죄, 죄송합니다. 아직 대전과 대구 그리고 경기 동부 쪽의 자료가 올라오지 않아 정확한 통계를 정리하지 못했습니다. 실장님!"

자신이 지시한 것이 지체되거나 진행이 되지 않으면 박동진 실장이 어떤 반응을 보일지 정인학 대리는 너무나 잘 알고 있었다.

아마 몇 분 안에 기조실 전체가 얼음창고로 변한 듯한 냉랭한 분위기가 될 것이다.

얼마 전에는 대구의 동신전자 지사 물류책임자가 본사에 보고한 재고물량의 수치착오를 확인하지 못하고 엉뚱한 보고서를 올리는 일이 있었다.

그때 그것을 확인한 박영진 실장에게 전화를 받고 그 자리에서 본사로 불려와 나이도 어린 박영진 실장 앞에서 사유서와 시말서를 작성해야 하는 수모를 겪었다.

이 일은 박영진 실장에 관한 유명한 일화 중의 하나였다.

보고서에 잘못 찍힌 점 하나만으로도 당장에 사직서를 받아낼 정도로 냉혹한 박영진 실장이었다.

그 때문에 화장품 매출현황보고서를 아직까지 제출하지 못한 것은 오롯이 정인학 대리의 책임으로 될 수도 있었다.

정인학 대리의 이마에 단숨에 땀방울이 맺혔다.

정인학 대리의 앞쪽에 책상을 마주하고 있는 최진선 대리가 정인학 대리가 허둥대는 모습을 보며 굳은 얼굴로 머리를 들어올렸다.

정인학 대리의 입에서 실장이라는 말이 흘러나오자 그녀도 긴장을 하는 것이다.

최진선 대리뿐만 아니었다.

기조실의 모든 직원들이 놀란 얼굴로 정인학 대리를 바라보았다.

특히 요즘 들어 동신그룹의 그룹 내 구조조정 정리해고에 관한 소문이 돌아 신경이 곤두서 있는 김영일 과장과 이주영 부장도 얼굴을 굳힌 채 정인학 대리를 바라보았다.

박영진 실장의 전화라면 당연히 신경이 곤두설 수밖에 없는 게 지금의 상황이었다.

이번 동신그룹의 구조조정에 관한 모든 기획이 기획조정 실장인 박영진이 지휘한다고 알려졌기 때문이었다.

정인학 대리는 당장이라도 박영진 실장의 호통이 전화기를 통해 떨어질 것 같은 위기감을 느끼며 이를 악물었다.

잔뜩 긴장하고 있는 정인학 대리의 귀로 나직한 박영진 실장의 목소리가 들려왔다.

―그럼 아무 서류나 하나 가지고 들어와요.

박영진 실장의 말에 정인학 대리의 눈이 커지고 있었다. 그의 가슴이 빠르게 뛰었다.

박영진 실장은 동신화학이 하계 신제품으로 출시한 화장품 매출현황을 살피려는 것이 아니라는 것을 빠르게 눈치 챈 것이다.

다른 직원들이 알지 못하게 비밀리에 자신에게 무언가를 지시하기 위해서라는 것을 느꼈다.

"아, 알겠습니다. 천안 명성화학의 설비현황과 부지조사에 대한 자료는 준비되어 있습니다."

전화를 끊은 정인학 대리가 자신의 책상 위 한쪽에 놓여 있던 파일첩 하나를 집어 들었다.

오전에 명성화학의 조사팀에서 메일로 들어와 있던 명성화학자료를 출력시켜 놓은 것을 가지고 있었던 것이 다행이었다.

서류를 챙겨든 정인학 대리가 넥타이를 가다듬고 약간 상기된 얼굴로 기조실의 사무실을 벗어났다.

그의 뒷모습을 기조실 직원 10여명이 굳은 얼굴로 바라보았다.

동신그룹에서 최고의 실세로 인정받고 있는 기획조정실이지만 몸의 혈관에 차가운 피가 흐른다고 알려진 황태자 박영진에 비할 바는 아니었다.

박영진의 말 한마디에 한순간에 한직으로 좌천되거나 지방지사로 밀려날 수도 있는 곳이 바로 이곳이었다.

대한민국에서 최고의 명문대를 나온 인재들로 풀이 구성되어 있는 기조실의 직원들에게도 황태자라 불리는 박영진은 여전히 두렵고 거북한 존재였다.

직원들의 시선을 등으로 느끼며 정인학 대리가 빠르게 사무실을 나섰다.

같은 공간이지만 기획조정실장의 사무실은 직원들의 사무실과는 약간 떨어진 곳에 위치했다.

사무실의 문을 나서면 기획조정실장의 비서인 안여진이 업무를 보는 비서실이 나온다.

기조실 직원사무실과 박영진의 집무실은 실제 거리상으로는 10m도 떨어지지 않았지만 기조실의 직원들은 그 10m의 짧은 거리에서 언제나 아득한 거리감을 느끼며 근무했다.

사무실 모퉁이를 돌아 비서실로 들어서는 정인학 대리를 보며 안여진 비서가 살짝 머리를 숙였다.

이미 안여진은 정인학 대리가 올 것을 알고 있었던 것인지 눈빛으로만 기획조정실장의 집무실 문을 가리켰다.

정인학 대리가 박영진의 집무실 앞에서 호흡을 가다듬었다.

잠시 숨을 돌린 정인학 대리가 조용히 노크를 했다.

똑똑.

노크소리와 함께 안에서 굵직한 목소리가 들렸다.

"들어오세요."

몇 번을 들어도 섬뜩하게 느껴질 정도로 냉혹함이 담겨 있는 박영진의 목소리였다.

딸칵—

정인학 대리가 조심스럽게 문을 열고 들어서자 와이셔츠에 넥타이를 걸친 박영진이 집무실 한가운데 소파에 앉아 있는 것이 눈에 들어왔다.

옷에 먼지 하나 보이지 않을 듯한 깔끔한 박영진이다.

더구나 정리된 머리칼과 깔끔하게 면도된 얼굴에 은테의 안경을 쓰고 있는 모습은 더더욱 대면하는 사람에게 위축감을 안겨준다.

정인학 대리가 정중하게 허리를 숙였다.

"서류 가져왔습니다. 실장님!"

정인학 대리의 말에 박영진이 담담한 얼굴로 머리를 끄덕이며 입을 열었다.

"이쪽으로 와 앉으세요."

박영진이 자신의 앞자리를 가리켰다.

정인학 대리가 딱딱하게 굳은 얼굴로 머리를 숙였다.

"알겠습니다."

정인학 대리가 조심스럽게 박영진의 앞쪽에 자리를 잡고 앉았다.

결벽증이라고 소문이 날 정도로 깔끔을 떠는 박영진의 성격답게 그의 집무실은 그야말로 먼지 하나 보이지 않을 정도로 깨끗했다.

당장 이곳에서 동신그룹에 대한 CF영상을 촬영한다고 해도 최고의 촬영지가 될 듯한 모습이다.

박영진은 정인학 대리가 테이블 위에 조심스럽게 내려놓는 서류파일을 힐끗 보며 입을 열었다.

"지금 정대리님이 처리하고 있는 중요한 업무가 있습니까?"

정인학 대리가 굳은 얼굴로 대답했다.

"어제 실장님이 지시하신 동신화학 신제품 화장품 매출 현황을 조사하는 것하고 천안명성화학 인수합병 건에 대한 자료조사와 부장님이 지시하신……."

정인학 대리가 신중한 표정으로 말하는 중에 박영진이 끼어들었다.

"정대리님의 업무를 전부 다른 직원한테 넘기도록 하세요. 제가 이부장님께 따로 말씀드리지요."

정인학 대리가 눈을 껌벅였다.

박영진이 잠시 정인학 대리를 바라보다가 천천히 입을

열었다.

"저 개인적으로 정대리님에게 부탁해야 할 일이 있어서 그런 것이니 당분간 지금 담당하고 있는 업무를 모두 다른 직원들에게 넘겨주세요."

정인학 대리의 가슴이 두근거렸다.

동신그룹 최고 실세로 알려진 황태자 박영진 실장이 개인적인 업무를 자신에게 맡긴다는 것은 자신을 그만큼 신임하고 있다는 것을 의미했다.

얼마 전 박영진 실장이 알아오라고 지시한 세영대학병원의 내과의사 한서영 선생에 관한 지시를 제대로 처리하지 못한 것이 마음에 걸렸지만 그것을 만회할 일이 생긴 것이라고 생각했다.

그것은 자신에게 최고의 기회라는 것을 정인학 대리가 모를 리가 없었다.

명색이 대한민국에서도 최고의 명문대 중 한곳이라고 알려진 한성대 출신인 자신이다.

"알겠습니다."

정인학 대리가 두근거리는 가슴을 진정시키며 머리를 숙였다.

그런 정인학 대리를 바라보던 박영진이 잠시 눈을 깜박이다가 입을 열었다.

"정대리님께 맡길 업무의 내용은 다른 사람에게 말해서는 안 됩니다. 오직 저와 정대리님만 알고 있어야 할 내용

이라는 뜻입니다.”

박영진의 얼굴은 무표정한 느낌이었다.

비밀스런 업무를 맡기면서도 전혀 표정의 변화가 없는, 말 그대로 포커페이스였다.

정인학 대리가 머리를 숙였다.

“명심하겠습니다.”

“그룹 내 누구에게도 철저하게 함구해야 합니다. 자신이 없으시면 다른 사람에게 부탁할 겁니다.”

박영진의 목소리가 천둥처럼 정인학 대리의 머릿속에 들어왔다.

“자신 있습니다. 실장님!”

“정대리님을 믿겠습니다.”

“감사합니다.”

정인학이 머리를 숙이자 박영진이 소파 옆에 놓아두었던 자신의 업무용 다이어리에서 무언가를 찾아서 내밀었다.

“정대리님이 해야 할 일입니다. 우선 여기 적혀 있는 이 사람들을 조사해 주십시오. 재산규모, 지인관계, 하고 있는 일, 회사규모, 좋아하는 것과 싫어하는 것 등 여기에 있는 이 사람들에 관한 정보를 최대한 많이 조사해야 할 것입니다. 필요하다면 외부의 용역을 사용해도 되지만 그럴 때는 절대로 정대리님의 신분이 노출되지 않게 은밀하게 처리해줄 사람을 찾아야 할 겁니다.”

박영진의 말에 정인학이 박영진이 내민 종이를 들어올렸
다.

강남구 신사동 스카이캐슬 아파트 112동 504호.
한종섭.
이은숙.
한지은.
한강호.

박영진이 내민 것은 한서영을 만나러 찾아갔던 박영진이
한서영을 만나는 대신 세영대학병원에서 그녀의 담당교
수였던 김철민 내과 과장에게서 알아낸 한서영에 관한 내
역이었다.
당시 한서영이 병원 측에 제출한 지원서의 가족사항에는
단순한 내용만 기술했기에 박영진은 더 상세하고 정확한
정보가 필요하다고 생각했다.
정인학 대리가 눈을 껌벅였다.
"이분들을 조사해야 합니까?"
정인학 대리는 박영진이 내미는 종이에서 한서영의 이름
이 없었기에 박영진이 한서영의 가족을 조사하라고 지시
한 것을 눈치채지 못했다.
박영진이 무표정한 얼굴로 대답했다.
"물론입니다. 그 사람들의 재산을 비롯해서 지인관계와

교우관계까지 단 하나도 빼놓지 말아야 할 겁니다. 사업체가 있다면 사업내용과 사업규모, 회사위치, 주거래처 등 관련된 모든 사안을 알아내도록 하세요."

박영진의 단호한 말에 정인학 대리가 조심스럽게 물었다.

"저… 그런데 이분들이 누구신지 물어도 되겠습니까?"

정인학 대리는 박영진이 조사하라고 한 사람들이 박영진에게 어느 정도로 중요한 사람들인지 알고 싶었다.

중요하지 않은 사람들이라면 조사에 그다지 부담감을 느낄 필요는 없겠지만 중요한 사람들이라면 조사에도 신중해야 한다고 생각한 것이다.

또한 지금까지 박영진이 누군가를 이런 식으로 조사하라고 한 적은 없었으나 혹시라도 박영진이 악의를 가진 사람들이라면 아예 먼지를 털듯이 완벽하게 조사를 해야만 했다.

박영진이 잠시 머뭇거렸다.

하지만 이내 머리를 끄덕였다.

"정대리도 이미 알고 있는 한서영 선생의 가족입니다. 그리고 그 때문에 정대리에게 이 업무를 지시하는 것입니다."

박영진은 정인학 대리가 자신의 지시로 한서영과 만나러 세영대학병원까지 찾아갔다는 것으로 인해 정인학 대리를 선택했다.

자신이 한서영에게 개인적인 감정을 가지고 있다는 것을 유일하게 알고 있는 사람이 바로 정인학 대리였기 때문이다.

그로서는 누구에게도 자신의 개인적인 감정이 노출되는 것이 싫었다.

미래의 동신그룹 후계자로서 민감하게 작용할 수 있는 비밀이라고 생각한 것이다.

자신의 비밀을 알고 있는 사람을 최소한으로 줄여야 하기에 이미 한서영의 존재를 알고 있는 정인학 대리가 가장 적임자라고 판단했다.

정인학 대리가 놀란 듯이 눈을 크게 떴다.

"예?"

"내가 정대리에게 모셔오라고 부탁했던 세영대학병원의 한서영 선생의 가족이란 말입니다. 그러니 조사를 함에도 전혀 누구도 눈치를 채게 해서는 안 되고 은밀하게 진행해야 할 겁니다. 그리고……."

잠시 망설이던 박영진이 정인학 대리를 보며 나직하게 입을 열었다.

"한서영 선생에게 약혼자가 있다는 말을 들었습니다. 가능하다면 그 사람도 조사해 보십시오. 무엇을 하는 사람인지, 직업이 뭔지, 그 약혼자의 가족사항은 어찌 되는지 등 그 사람에 관한 정보도 캐보도록 하세요."

박영진의 말에 정인학 대리가 입을 벌렸다.

그제야 박영진 실장이 건넨 종이에 적힌 사람들이 누군지 알아차렸다.

"아, 알겠습니다."

정인학 대리는 박영진 실장이 세영대학병원의 의사인 한서영에게 상당히 깊은 관심을 가지고 있다는 것을 그제야 실감했다.

자신으로서는 한서영의 얼굴을 본 적이 없었으니 박영진 실장이 왜 한서영에게 이처럼 집요한 관심을 가지는 것인지 언뜻 이해가 되지 않았다.

하지만 정인학 대리가 만약 한서영을 단 한 번이라도 보았다면 박영진이 왜 한서영의 가족까지 조사할 것을 지시한 것인지 이해가 될 것이었다.

정인학 대리가 종이를 이리저리 살펴보다가 박영진을 바라보았다.

"저기… 실장님! 한서영 선생의 약혼자에 대한 정보는 없습니까?"

박영진이 머리를 흔들었다.

"없습니다."

"아, 알겠습니다."

아무런 정보도 없다는 것은 처음부터 한서영의 주변을 세밀하게 살펴야 한다는 것을 의미했다.

그것은 혼자서는 불가능한 일이었다.

한서영의 가족을 조사하고 한서영의 약혼자정체까지 알

아내는 것은 상당한 기동력까지 동원해야 가능하다.

박영진이 테이블위에 검은색의 플라스틱 카드를 살짝 던졌다.

투욱—

매끈하게 윤이 나는 검은색의 카드에는 금박의 테두리까지 쳐져 화려했다.

박영진이 입을 열었다.

"내 개인카드입니다. 이번 업무에 필요한 자금은 얼마든지 사용해도 좋습니다. 물론 따로 영수증이나 내역서를 남기지 않아도 무방합니다."

박영진은 자신의 개인카드까지 마음대로 사용하라는 지시를 내렸다.

그에게는 자신의 팔 혈관 속으로 채혈침을 단번에 찔러넣던 한서영의 그 갸름하고 미끈한 감각을 절대로 잊을 수가 없었다.

몸속의 혈관에 차가운 피가 흐른다는 동신그룹의 황태자 박영진은 태어나서 처음으로 남자로서의 감정이 흔들리는 느낌을 받았고, 그것이 한서영에 대한 집착으로 이어졌다.

정인학 대리가 굳은 얼굴로 눈을 껌벅이다가 이내 입술을 잘근 깨물었다.

"지시대로 진행하겠습니다."

카드를 받아드는 정인학 대리의 가슴이 두근거리고 있

었다.

박영진이 머리를 끄덕였다.

"당분간 정대리는 외부파견업무로 처리될 것입니다. 매일 진행되는 사항은 업무 마감시간인 오후 5시까지 저한테 전화로 보고해 주세요. 다만 특별한 일이나 중요한 정보가 있으면 그 즉시 저한테 보고하셔도 됩니다."

"알겠습니다."

"그럼 나가보세요."

"예!"

정인학 대리가 머리를 숙인 후 자리에서 일어섰다.

그의 얼굴이 벌겋게 달아올라 있었다.

이번 일을 박영진이 만족할 만큼 완벽하게 처리하면 향후 동신그룹에서 자신의 입지는 그야말로 최상의 위치까지 오를 수 있을 것이라는 흥분감이 밀려들었다.

미래의 동신그룹 후계자로 현 회장인 박강희 회장에게 인정받고 있는 박영진이었다.

그런 박영진과 같은 배를 탔다는 것은 그에게 절호의 기회가 왔음을 증명하는 것이었다.

정인학 대리가 붉어진 얼굴로 몸을 돌리자 박영진이 이마를 찌푸렸다.

한 가지 알려준다는 것을 잊어버렸기 때문이다.

"참! 정대리께서 한 가지 알아두셔야 할 것이 있습니다."

"예?"

정인학 대리가 눈을 크게 뜨며 집무실의 손잡이를 잡다 말고 몸을 돌렸다.

박영진이 소파에 앉은 채 나직한 목소리로 입을 열었다.

"한서영 선생은 현재 세영대학병원에 없습니다. 병원에서 실수로 근신처분을 받았다고 하더군요. 그러니 한서영 선생의 주변을 알아보려면 아무래도 한선생의 집에서부터 시작해야 할 겁니다."

박영진의 말에 정인학 대리가 머리를 숙였다.

"알겠습니다."

정인학 대리는 한서영부터 먼저 알아보려 세영대학병원부터 가볼 생각이었지만 그럴 필요는 없었다.

박영진이 머리를 끄덕였다.

"그럼 사무실로 돌아가서 바로 내가 지시한 업무를 시작하세요."

"예! 그럼."

다시 한 번 가볍게 목례를 한 정인학 대리가 몸을 돌렸다.

딸칵.

문을 열고 나가는 정인학 대리의 뒷모습을 박영진이 무심한 표정으로 바라보았다.

그때였다.

테이블 위에 있던 인터폰이 울렸다.

삐익—

정인학 대리가 나가자마자 울리는 인터폰이었다.

박영진이 잠시 인터폰을 바라보다가 버튼을 누르고 수화기를 집어 들었다.

"뭡니까?"

박영진의 입에서 담담한 목소리가 흘러나왔다.

감정의 흐름을 전혀 느낄 수 없을 정도로 기계적인 음성처럼 느껴지는 목소리였다.

수화기에서 비서 안여진의 목소리가 들렸다.

―실장님! 한국항공그룹 윤태성 회장님의 전화입니다.

비서 안여진의 말에 박영진의 이마에 주름살이 생겨났다.

박영진의 장인의 전화였다.

참으로 기묘한 시간에 전화를 걸어온 것이었기에 잠시 멈칫했다.

박영진이 머리를 끄덕이며 입을 열었다.

"이쪽으로 돌려줘요."

―네!

비서의 목소리가 들림과 동시에 회선이 바뀌는 얕은 전자음이 울렸다.

박영진이 입을 열었다.

"박영진입니다."

순간 무언가 억눌린 듯한 묵직한 목소리가 박영진의 귀로 들어왔다.

─꼭 이렇게까지 해야 하나?

박영진이 어금니를 꾸욱 깨물었다.

정인학 대리와 함께 있을 때는 전혀 나오지 않았던 표정이었다.

"무슨 말씀이신지요?"

순간 전화기에서 고함소리 같은 목소리가 터져 나왔다.

─일준이와 이준이 애미 전화는 왜 받지 않는가 말이야. 전화기를 아예 꺼놓았더군?

장인의 목소리는 차가웠다.

박영진이 입술을 살짝 깨물었다.

"아이들 엄마에게 업무 중에는 개인전화는 하지 말아달라고 부탁한 것입니다."

박영진은 아내 윤소정의 목소리조차 듣기 거북해서 아예 자신의 전화를 꺼놓아 두었다.

그 때문에 비서실로 전화를 했지만 비서로부터 회의 중이라는 말만 반복되는 것을 듣고 아예 전화를 포기한 윤소정이었다.

화가 난 박영진의 아내 윤소정이 결국 친정아빠인 윤태성 회장에게 부탁해서 그가 전화를 하게 된 것이다.

윤태성 회장이 한숨을 내쉬었다.

─어쩔 생각인가?

윤태성 회장은 셋째 딸인 윤소정이 힘들어하는 것을 그냥 지켜볼 수가 없었다.

차갑고 냉혹한 박영진의 태도도 견디기 힘들었지만 자신과 박영진 사이에서 낳은 아기들에게도 전혀 아빠로서의 애정을 갖지 못하는 것은 윤소정을 지치게 만들어 놓기에 충분했다.

박영진이 무심한 표정으로 입을 열었다.

"아이 엄마에게는 이미 말해두었습니다 아버님!"

─결국 마음을 바꿀 생각이 없다는 말이로군?

윤태성 회장의 목소리는 힘이 조금 빠진 느낌이었다.

박영진은 아내 윤소정에게 이렇게 메마른 관계를 스스로 감수하든지 아니면 모든 관계를 끊고 이혼하자는 말을 해두었다.

윤소정은 자신에게는 전혀 관심도 없는 무심한 남편이자 숨이 막힐 것 같은 결벽증을 버리지 못하는 박영진과는 한 순간도 같은 공간에서 공존하는 것이 힘들다고 말하고 있었다.

자신의 피를 가지고 태어난 두 쌍둥이에게도 조금의 애정을 느끼지 못하는 박영진이다.

결국 이런 식의 차갑고 냉랭한 관계가 이어지는 것을 견디지 못한 윤소정이 친정 아빠인 윤태성 회장에게 도움을 청한 것이다.

윤태성 회장이 낮은 목소리로 물었다.

─자네 부친이나 할아버님도 이런 사실을 알고 계시는가?

사돈이라는 말도 하지 않고 윤태성 회장은 그냥 부친과 할아버지라는 호칭을 사용했다.

이미 딸과 사위의 관계는 돌이킬 수 없는 강을 건넜다는 것을 자각하고 있다는 증명처럼 느껴졌다.

박영진이 잠시 눈을 감았다가 떴다.

그의 입에서 메마른 목소리가 흘러나왔다.

"아버지나 할아버지께서는 저의 결정에 반대하지 않으실 것입니다."

─결국 그 양반들은 혈통을 이어야 할 손자도 버리겠다는 말이로군?

윤소정이 데리고 있는 쌍둥이는 박강희 회장의 증손주들이다.

만약 박영진과 윤소정이 이혼을 한다면 윤소정은 절대로 두 쌍둥이를 박영진에게 내어줄 생각이 없었다.

이혼의 귀책사유도 박영진에게 있었기에 쌍둥이를 절대로 양보할 생각이 없었고 박영진도 그것을 알고 있었다.

대한민국의 대기업으로 인정받고 있는 동신그룹과 한국항공그룹사이에서 기업 간의 이해관계를 가늠해서 정략적으로 맺어진 박영진과 윤소정이었다.

그런 두 사람이 헤어진다고 해서 한쪽이 불행해지는 결과는 벌어지지 않을 것이다.

박영진이 차가운 목소리로 입을 열었다.

"아이들이 외가에서 자란다고 해도 크게 불행할 이유는

없으니까요."

윤태성 회장이 허탈하게 웃었다.

—허허허 소정이 말대로 그야말로 피도 눈물도 없는 사람이 바로 자네로군?

자신의 피를 타고 태어난 두 아들에게 조금의 부정도 느끼지 못하는 박영진의 차가운 감정에 윤태성 회장은 허탈하게 웃을 수밖에 없었다.

셋째 딸인 윤소정과 박영진을 결혼시킨 것을 너무나 후회했다.

이렇게 차갑고 냉정한 인간이라는 것을 알았다면 절대로 윤소정을 박영진에게 보내지 않았을 것이다.

박영진의 표정은 정물화처럼 변화가 없었다.

박영진의 귀에 윤태성 회장의 나직한 음성이 다시 들려왔다.

—알겠네. 자네의 결정이 그렇다면 어쩔 수 없는 일이지. 내 딸에게 애정을 느끼지 못한다면 나 역시 내 딸을 자네에게 돌려보낼 생각이 없네. 박회장에게는 이런 식으로 두 집안이 갈라서게 되는 것이 아무런 의미가 없을 지 모르겠지만 유감이군.

박영진이 잠시 어금니를 깨물었다가 대답했다.

"죄송합니다."

—진심인가?

윤태성 회장의 목소리에 살짝 날이 선 느낌이 들었다.

박영진의 이마에 주름살이 만들어졌다.

"지금의 이 상황이 만들어진 것에 대해서 죄송하게 생각합니다."

동신그룹과 한국항공그룹과의 사돈관계가 파탄이 나게 되었다는 소식이 외부에 알려질 경우 언론사에서는 한동안 화젯거리로 삼고 온갖 엉뚱한 소문들이 쏟아질 것이 분명했다.

―허허허 죄송하다? 자신의 자식을 버리고 아내를 버리면서 그냥 죄송하다고? 동신의 미래가 어떨지 참으로 궁금해지는군?

"……"

박영진은 더 이상 할 말이 없었다.

윤태성 회장의 목소리가 들렸다.

―자네의 결정이 확고하다는 것을 알았으니 더 이상 번거로운 절차를 밟을 필요는 없겠지. 소정이에게 말해서 모든 게 끝났다고 통고할 것이네. 그리고 자네도 쌍둥이의 양육권을 포기한다는 서류를 준비해주게. 뭐 서로간의 위자료나 이런 문제는 변호사들을 통해서 협의하는 것이 좋겠지.

"아이들의 장래를 위해서 아이들 엄마에게 위자료와 양육비는 원하는 대로 지급하겠습니다."

―조만간 변호사를 보내지.

딸칵―

윤태성 회장이 먼저 전화를 끊었다.

박영진이 멍한 시선으로 자신의 손에 들린 수화기를 바라보았다.

윤소정의 전화를 받기 싫어서 자신의 전화기의 전원을 꺼버린 박영진이었다.

이것으로 숨을 쉬기 힘들 정도로 걸려오던 아내 윤소정의 전화는 더 이상 걸려오지 않을 것이라는 생각이 들었다.

애정을 느끼지 못하던 윤소정과 헤어지는 것을 원했던 자신이었다.

하지만 윤태성 회장에게 마지막으로 아내와의 관계를 청산한다는 말을 듣고, 이제 완전히 끝이라 생각하자 왠지 마음 한구석이 허전해 졌다.

딸각—

테이블 위의 전화기 위에 수화기를 내려놓으니 그제야 자신이 완벽하게 혼자가 되었다는 것을 실감했다.

박영진의 눈이 질끈 감겼다.

자신의 결정에 할아버지나 아버지 그리고 어머니는 별다른 반응을 보이지 않을 것이다.

며느리인 윤소정에게 박영진이 별다른 애정을 가지고 있지 않다는 것을 이미 알고 있는 사람들이었기 때문이다.

박영진이 소파에 깊숙이 등을 기대었다.

"묘한 기분이군 그래."

박영진이 허공을 무심하게 바라보았다.

윤소정과의 이혼을 결정한 것을 후회하지는 않았다.

오히려 이제 처음으로 자신이 남자라는 것을 자각하게 만들어 준 한서영이라는 여자와 새로운 관계를 만들어 가는 것에 아무런 장애물이 없다는 것을 실감했다.

박영진이 혼잣말처럼 중얼거렸다.

"무언가를 차지하기 위해서 이처럼 가슴이 설레는 느낌은 처음이로군."

태어나면서부터 신의 선택을 받았다고 생각했던 박영진이었다.

원하는 것이 있으면 모두 자신의 손에 들어왔고 한평생 자신의 위에 누군가 있다고 생각해 본적이 없었다.

명석한 머리와 엄청난 부를 운명처럼 손에 쥐고 태어난 자신이었다.

그 때문에 무언가를 간절하게 원했던 적이 없었고 무언가를 차지하기 위해 열정을 쏟은 기억도 없다.

모두가 자신의 앞에서 자신에게 잘 보이기 위해 애를 쓰고 기만적이고 가식적인 웃음을 띠고 다가왔다.

가진 것 없이 비루하고 못난 자들의 상투적인 아부와 위선적인 아첨의 뒤편에는 자신이 가진 것을 부러워하고 훔치려는 졸렬한 욕심들만 가득하다는 것을 보았다.

그 때문에 누구에게도 호의적인 눈빛을 건네지 못했다.

그런 박영진에게 처음으로 무언가를 차지하고 싶다는 열

정이 피어났다.

한서영.

단지 자신의 팔목에서 피를 뽑아낸 한 명의 의사였을 뿐이지만 지금처럼 박영진에게 간절할 정도로 욕심을 품게 만든 사람은 처음이었다.

박영진이 다시 중얼거렸다.

"당신에게 가장 어울리는 사람은 나라는 것을 곧 알게 될 것입니다. 한선생."

얇은 입술을 비집고 흘러나오는 박영진의 목소리는 차가운 피가 흐르는 황태자라는 별명답지 않게 부드럽고 따뜻한 느낌이었다.

박영진에게는 한서영을 생각하는 그 순간만은 그의 혈관 속을 흐르는 냉혹하고 차가운 피가 뜨겁게 끓어오르는 느낌이 들었다.

박영진이 테이블 한쪽에 놓아둔 전원이 꺼진 자신의 전화기를 집어 들었다.

전원 버튼을 길게 누르자 이내 다시 켜진 전화기의 화면이 눈에 들어왔다.

박영진이 전화기의 연락처 버튼을 누르자 제일 위쪽에 하나의 전화번호가 들어왔다.

한서영 010 2725 42279

몇 번이나 전화를 걸어보려던 번호였다.

그에게는 한서영의 전화번호가 마치 자신과 운명처럼 이어진 번호라는 생각이 들었다.

한동안 한서영의 전화번호를 바라보던 박영진이 전화기를 내려놓았다.

아직은 때가 아니었다.

정인학 대리가 한서영과 한서영의 가족에 관한 모든 정보를 모두 조사해서 가져오는 그 순간부터 자신과 한서영의 관계가 시작될 것이기에 그때까지는 기다려야 했다.

박영진이 다시 중얼거렸다.

"한선생의 약혼자라는 자가 누군지 궁금하군."

메마른 그의 입을 통해 흘러나오는 목소리에는 살짝 질투심이 묻어 있었다.

그때 인터폰의 신호음이 울렸다.

삐익—

—실장님! 회장실에서 호출입니다.

비서 안여진은 살짝 긴장하는 느낌이었다.

박영진이 입술을 비틀며 피식 웃었다.

이혼이 결정된 아내 윤소정의 부친이자 장인인 윤태성 회장이 할아버지 박강희 회장에게 자신과 윤소정의 이혼을 통고한 것임을 직감했다.

박영진이 버튼을 누르고 입을 열었다.

"연결해주세요."

—네!

안여진은 회장실에서 연락이 오면 늘 긴장하는 버릇을 가지고 있었다.

이내 회장실과 연결이 되었다.

"박영진입니다."

—아! 박실장님. 회장님께서 즉시 회장실로 올라오시라는 지시입니다.

할아버지의 전담비서인 최태명 수행비서의 목소리였다.

박영진이 대답했다.

"지금 올라가겠습니다."

—회장님께서 화가 좀 나신 것 같습니다. 참고하십시오.

최태명 수행비서가 할아버지의 기분까지 알려주었다.

박영진이 입술을 비틀며 웃었다.

"알겠습니다. 고맙습니다. 최비서님!"

—천만에요.

차기 동신그룹의 후계자가 될 박영진이기에 최태명이 보이는 이런 식의 배려는 그 자신에게도 충분하게 이득이었다.

박영진이 느긋하게 옷걸이에 걸어놓은 자신의 양복 윗도리를 걸쳤다.

한 치의 구겨짐도 없는 방금 세탁해서 걸어놓은 듯한 옷이었다.

집무실안의 거울을 통해 자신의 옷차림을 살펴본 박영진

이 특유의 무표정한 얼굴로 자신의 집무실을 나섰다.

문 밖에는 이미 안여진 비서가 자리에서 일어나 박영진이 나오는 것을 기다리고 있었다.

오전에 이미 회장실에 보고할 서류는 이미 다 제출했기에 특별한 지시가 없다면 박영진 실장에게 건네줄 결재서류는 없었다.

박영진이 무표정한 얼굴로 엘리베이터가 있는 곳으로 걸음을 옮겼다.

그런 박영진의 뒷모습을 안여진 비서가 흔들리는 시선으로 바라보고 있었다.

비서로 일한지 벌써 2년이나 흘렀지만 안여진에게는 아직도 박영진과 얼굴을 대면하는 것은 어렵고 힘든 일이었다.

이내 엘리베이터 속으로 박영진이 사라지자 안여진의 입에서 한숨이 흘러나왔다.

"진짜 차가운 피를 가진 사람 같아."

혼잣말처럼 중얼거리는 안여진의 얼굴에는 지워지지 않는 피로가 쌓여 있었다.

안여진 비서에게는 오늘 하루도 힘겹게 마무리되는 느낌이었다.

일상(日常)

벌컥—

노크소리도 없이 서재의 문이 열리면서 볼이 볼록하게 솟아오른 한유진이 들어왔다.

자신의 서재에서 컴퓨터를 켜고 외국에서 발표된 의학논문을 살펴보고 있던 한서영이 머리를 돌려 심통이 난 듯한 한유진을 바라보았다.

"왜 그래?"

웬만해서는 자신이 공부를 하고 있는 중에는 방해를 하지 않는 동생이었다.

한서영이 서재에 들어가 있는 중에는 거의 소음도 내지

않을 정도로 정숙함을 유지하는 것은 기본적인 사항이다.

그것을 모를 리 없는 한유진이 불문율처럼 지켜지는 정숙함을 깨고 다짜고짜 문을 열고 들어서는 것은 중요한 이유가 있다는 의미였다.

한유진이 퉁명스러운 목소리로 입을 열었다.

"언니! 동하, 아니 형부에게 도대체 무슨 공부를 하라고 한 거야?"

"뭐?"

한서영이 놀란 듯 눈을 동그랗게 뜨고 한유진을 바라보았다.

한유진이 어이가 없다는 얼굴로 한서영을 보며 중얼거렸다.

"가변복소수의 일반론의 기초가 뭔지 알아?"

한서영이 눈을 껌벅이며 머리를 갸웃했다.

"그거 리만논문이잖아? 소수들 사이에 규칙은 존재한다고 하는… 증명이 되지 않는 난제 중의 하나인데…….."

"근데 왜 그걸 형부가 알아야 하는 거냐고?"

"너한테 리만논문의 가설을 물었다고?"

한유진이 살짝 입을 벌리더니 흥흥하며 웃었다.

"그것만 물어본 줄 알아?"

"다른 것도 물어봤어?"

한서영은 김동하에게 현시대를 살아가기 위해서는 반드시 필요한 것이 공부라고 말했고 김동하에게 읽을 책을 내

주었다.

그렇게 김동하가 공부를 하다가 한유진과 논쟁을 한 모양이었다.

한유진이 어이가 없다는 듯이 머리를 흔들었다.

"논리실증주의와 논리경험주의에 대한 차이점. 검증가설성의 원리, 관념론, 무신론, 실증주의, 유물론 등 도대체 대학입시와 전혀 관련이 없는 것을 가지고 나를 귀찮게 만들어. 내가 대서양헌장을 왜 알아야 하냐고? 대수방정식과 디오판토스 방정식 그리고 선형방정식을 내가 왜 증명해 주어야 하는데?"

한유진이 질렸다는 듯이 머리를 절레절레 흔들었다.

한서영의 머릿속에 김동하가 한유진을 잡고 무언가를 가지고 꼬치꼬치 묻는 광경이 그려졌다.

"쿡!"

한서영이 손으로 입을 가리고 웃었다.

한유진의 이마에 주름이 만들어지고 있었다.

"지금 웃음이 나와?"

한서영이 입가에 미소를 머금고 입을 열었다.

"네가 동하에게 공부를 가르쳐 주겠다고 먼저 말하지 않았니?"

한유진은 김동하에게 놀림을 당하던 것을 복수하기 위해서 스스로 김동하에게 공부를 가르치겠다고 선수를 쳤다.

그리고 공부를 하는 중에는 무엇이든 물어도 좋고 반드

시 선생님이라는 호칭을 사용해야 한다고 말해두었다.

공부를 가르치는 핑계로 지금까지 김동하에게 당해왔던 것을 복수하려는 속셈이었던 것이다.

동생의 속셈을 모르지 않는 한서영도 김동하에게 공부를 가르칠 수 있다면 동생이 조금 괴롭힌다고 해도 모르는 척 할 생각이었기에 묵인했다.

하지만 그런 한유진의 귀여운 계략이 엉뚱하게 어긋나고 있는 모양이었다.

한유진이 머리를 긁적이며 중얼거렸다.

"난 그냥 현재의 중학생이나 고등학생들이 공부하는 것만 가르친다고 생각했는데… 아이참! 언니가 뭐라고 좀 해봐. 어디서 이상한 것만 본다니까?"

그때였다.

또다시 문이 벌컥 열렸다.

벌컥—

"유진누님, 아니 선생님."

방으로 들어선 것은 김동하였다.

김동하가 들어서자 한유진은 자신도 모르게 흠칫했다.

이번에는 무슨 질문을 하게 될 것인지 벌써부터 두려웠다.

김동하가 한유진과 한서영을 번갈아 바라보다가 한유진을 보며 물었다.

"원소의 그램원자 열용량은 일정하다고 하는 뒬롱—프

티의 법칙을 생각하다가 궁금한 게 있어서 물어보고 싶은
게 있습니다."

한유진이 몸을 부르르 떨었다.

"언니! 이것 봐. 내가 못살아."

"호호호."

한유진은 이제 김동하를 괴물 보듯이 진저리를 치고 있
었다.

김동하가 눈을 껌벅였다.

"무엇이든 궁금한 게 있으면 물어보라고 하지 않았습니
까?"

한유진이 두 손으로 자신의 머리를 움켜잡았다.

"어이그~"

한서영이 입가에 미소를 머금고 김동하를 보며 물었다.

"뭐가 궁금한 것인데?"

"방금 말한 원소의 그램원자의 열용량이 일정하다고 했
는데 여기서 설명하는 열용량이라는 것이 뭔지 궁금해서
요."

한유진이 머리를 절레절레 흔들었다.

"동하, 아니 형부는 사람이 아니야. 괴물이야. 틀림없
이."

한유진이 뒬롱 프티의 법칙을 알고 있을 리가 없었다.

이제는 사장되다시피 해서 잊혀가고 있는 화학이론이었
기 때문이다.

더구나 자신이 공부하는 부분과는 전혀 상관없는 화학이론이었기에 한유진으로서는 김동하가 어떤 질문을 할 때마다 머리가 아파왔다.

한서영이 김동하를 보며 물었다.

"그게 왜 궁금한 것인데?"

김동하가 눈을 깜박이다가 대답했다.

"뭐든지 배울 때 확실하게 배우라고 하지 않으셨습니까? 그리고 저는 궁금한 것이 있으면 절대로 그냥 넘기지 못합니다."

한서영이 대답했다.

"열용량이란 비열과 원자량을 의미하는 것인데 굳이 그런 것은 알 필요가 없을 거야."

김동하가 머리를 흔들었다.

"생각보다 이곳의 공부라는 것이 재미가 있더군요. 지금까지 제가 모르고 있었던 것을 하나씩 알아가는 것이 너무 재미있습니다. 하하."

한유진이 끼어들었다.

"언니, 나 이러다 진짜 죽을 것 같아. 어떻게 형부 좀 말려봐. 응?"

한유진이 간절한 얼굴로 한서영을 바라보았다.

자신의 입으로 스스로 선생님이라 자처하며 김동하에게 공부를 가르친다고 했으니 이제 와서 손을 들게 된다면 평생 김동하에게 놀림을 받을 것은 분명했다.

그것을 생각하면 절대로 그만둘 수도 없었다.

언니와 김동하가 결혼을 하게 되면 얼굴을 대면하지 않을 방도가 없었기 때문이다.

한서영이 잠시 김동하를 바라보다가 입을 열었다.

"그런 것은 나중에 대학에 들어가서 배우거나 대학을 졸업을 하고 난 이후에 알아도 될 거야. 그러니 동하가 대학에 들어갈 때까지는 이곳에서 일반적인 학생들이 배우는 공부에만 집중하는 것이 좋겠어. 유진이가 공부를 가르치겠다고 한 것도 그것만 생각했을 테니까."

김동하가 머리를 긁적였다.

"이 세상에는 알아야 할 것들이 너무나 많은 것 같습니다. 알아 가면 갈수록 너무나 신기하고 놀랍더군요."

김동하로서는 지금까지 전혀 접하지도 못했던 과학적 원리나 철학적 이론 등이 너무나 재미있고 흥미로웠다.

한유진이 김동하를 바라보며 입을 열었다.

"그런 괴팍하고 쓸데없는 지식보다는 그냥 공부만 하란 말이야. 학생들이 배우는 공부, 수학이나 영어, 국어 같은 것 말이야."

김동하가 눈을 깜박였다.

"그것도 배우고 있지 않습니까? 전에 푸렝카의 추측이라는 문제를 물어봤을 때 왜 그것이 반드시 원형의 구가 되어야 하는지 대답을 안 해주셔서 그게 그렇게 어려운 것인지 이해가 되지 않았습니다만."

김동하가 이해가 되지 않는다는 듯이 머리를 긁적였다.

한유진이 마치 노려보듯 김동하를 쏘아보았다.

"지금 형부는 나 골탕 먹이려고 일부러 그러는 것이지?"

김동하가 머리를 흔들었다.

"아니 전혀 그런 생각은 없는데요? 누님, 아니 선생님이 언제든 궁금한 게 있으면 물어보라고 하시지 않으셨습니까? 모르는 것을 물어보는 것은 창피한 것이 아니라고 말씀하신 사람이 바로 선생님이십니다."

"아아 내가 늙어……."

한유진이 머리가 아프다는 듯이 두 손으로 미간을 눌렀다.

김동하에게 공부를 가르치겠다고 스스로 자처한 자신의 입을 할 수만 있다면 꿰매고 싶은 심정이었다.

김동하는 자처한 대로 무엇이든 가르치면 단번에 습득해 버리는 천재였다.

다만 그것을 증명해 주거나 풀이를 해 주어야 한다는 단점이 있다는 것이 문제였다.

영어나 국어 외 다른 암기과목은 경이로울 정도로 천재적인 김동하의 두뇌에 통째로 외우게 하는 것으로 충분했지만 수학이나 물리 화학 같은 것은 논리적인 설명이나 해석을 해 주어야 했다.

그것이 한유진을 힘들게 만들었다.

한유진이 머리를 흔들며 입을 열었다.

"내가 나랑 전혀 상관도 없는 달랑베르의 원리 같은 것들을 어떻게 아느냐고오~ 난 그냥 한성대학교의 영문과 학생일 뿐이라고오~"

아마 김동하가 또 엉뚱한 문제를 가지고 한유진을 괴롭힌 모양이었다.

한유진이 마치 애원을 하듯 울상을 지었다.

한서영이 참을 수 없어서 웃음을 터트렸다.

"오호호호호호."

푸렝카의 추측이라는 문제는 현재까지도 논란이 되고 있는 수학 이론의 일곱 가지 난제 중의 한 문제였다.

그런 문제를 가지고 한유진에게 꼬치꼬치 물었으니 한유진이 질겁했을 것은 당연했다.

김동하는 한유진이 힘들어 하는 것을 이해하지 못했다.

한서영이 웃음이 가득한 얼굴로 김동하를 보며 입을 열었다.

"동하도 지금까지 전혀 모르고 있는 것들이 있듯이 유진이도 배우지 않은 것은 모르는 게 많아. 나도 그렇고. 나도 유진이도 전혀 상관없는 것들을 굳이 알아야 할 이유가 없으니 생각하지도 않았던 것이지. 동하가 궁금한 것을 유진이가 모를 수도 있어. 다만 유진이는 동하가 알아야 할 것들만 가르치겠다고 한 거야. 자꾸 유진이에게 모르는 것을 물어보면 유진이 머릿속이 어떻겠어. 그건 동하가 유진이를 괴롭히는 일이란 말이야."

김동하가 한유진을 바라보았다.

"제가 물어보는 것이 누님을 괴롭히는 것이었습니까?"

한유진이 입을 삐죽 내 밀었다.

"그럼 너, 아니 형부는 내가 그런 질문을 기쁜 마음으로 받았을 것 같아? 내가 대답을 못 해주는 것은 나도 모르기 때문이란 말이야."

"흠!"

"어디서 이상한 것들만 주워들어서."

김동하가 즐겨보는 텔레비전의 프로그램이 교육방송이었다.

그 때문에 한유진도 모르는 괴팍한 가설이나 이론 등을 가지고 한유진을 괴롭히는 것이다.

한서영이 입을 열었다.

"당분한 유진이가 가르치는 지금의 학생들이 배우는 학과에만 집중하는 것이 좋겠어. 그리고 나중에 동하가 궁금한 것이 있다면 내가 책을 사줄 테니 그것으로 스스로 알아보는 것도 괜찮을 거야."

김동하가 머리를 끄덕였다.

"알겠습니다."

김동하가 수긍을 하자 한유진이 미심쩍은 얼굴로 김동하를 바라보았다.

"정말 이제 이상한 것으로 질문하지 않을 거지?"

김동하가 머리를 끄덕였다.

"예!"

"좋아."

한유진은 그제야 안심이 된다는 듯이 머리를 끄덕였다.

이내 두 사람이 한서영의 서재에서 나갔다.

한서영이 따라 나서려다 머리를 흔들었다.

조금 전까지 보던 의학논문에 관한 보고서를 정리해야
한다는 것을 깨달은 탓이다.

비록 정직처분이라는 징계를 받고 있었지만 복직하게 되
면 매주 병원에서 진행하는 논문발표에 제출할 자료였다.

이내 다시 아파트에는 정적이 흘렀다.

* * *

"끄응~"

손으로 이마를 짚은 중년의 사내가 얼굴을 찌푸렸다.

블라인드가 살짝 들려 있는 창으로 스며들어오는 햇살이
사무실의 바닥에 길게 선을 그어놓았다.

벽에 켜놓은 에어컨에서 시원한 냉풍이 흘러나오고 있었
지만 중년의 사내는 전혀 시원함을 느끼지 못했다.

사내가 앉은 책상 위에는 중앙지검 제 2차장 검사 김대
길이라는 이름이 선명하게 박혀 있었다.

서울중앙지검 제 2차장 김대길.

사법고시에 합격한 이후 제 37기 사법연수원 출신으로

현재 중앙지검의 제 2차장에 임명된 지 꼬박 1년이 지났다.

공정하고 논리적인 인물로 알려진 사람이었지만 고집이 세고 자신의 가족에 대한 부심이 상당했다.

지금 김대길 2차장에게는 다른 사람에게는 말하기 힘든 고충이 하나 있었다.

바로 자신의 아들인 김종현에 관한 문제였다.

외국에 유학까지 다녀온 아들이지만 자신의 기대와는 달리 전혀 공부에 관심이 없었고 아버지인 자신의 지위와 위세를 믿고 천방지축 까불어 대는 것이 마음에 들지 않았다.

아들과는 달리 딸은 얼마 전 대기업인 동신그룹의 연구직 직원과 결혼을 하여 강남 대치동에 신혼살림을 차려서 한시름을 덜게 만들었다.

"휴~ 병원에서도 영문을 알 수가 없다고 하니 이것 참…….."

그때였다.

띠리리리릿—

책상 위에 놓인 개인 전화기가 울렸다.

김대길이 힐끗 전화기를 바라보았다.

그의 눈에 전화기의 액정에 적힌 송태현이라는 이름이 선명하게 들어왔다.

자신과 함께 사법연수원 37기 출신으로 5년 전에 검사복

을 벗고 제니스라는 로펌을 개업하여 변호사로 활동 중인 친구였다.

김대길이 전화기를 집어 들었다.

딸칵—

"여보세요?"

—날세. 지금 사무실인가?

김대길의 귀로 송태현의 익숙한 목소리가 들렸다.

김대길이 머리를 끄덕였다.

"그래."

—어떻게 되었나? 연락을 받았나?

친구인 송태현이 급하게 물어오고 있었다.

김대길 차장검사가 힘겹게 대답했다.

"조금 전에 마누라한테서 전화가 왔었네. 병원에서도 도저히 원인을 찾을 수가 없다고 하더군. 각종 검사를 다 했는데도 전혀 이상이 없다고 하더라고… 나도 지금 그것 때문에 머리가 아파."

말을 하는 김대길의 얼굴에 짜증 섞인 표정이 가득하게 떠올라 있었다.

김대길 차장검사가 물었다.

"자넨 어떻게 되었어? 괜찮다고 하던가?"

—나도 마찬가질세. 휴우~ 망할 놈. 어디서 그런 괴상한 병에 걸려가지고… 한방으로 치료가 될까 싶어서 내 고향친구가 원장과 친하다고 했던 한세한방병원으로 데려가

치료를 했는데도 전혀 효과가 없어. 침, 뜸, 부황 등 온갖 치료를 다 했는데도 전혀 통하지가 않아. 어디서 그런 괴상한 병을 얻어왔는지 모르겠어. 젠장.

김대길 제 2차장검사의 아들 김종현과 김대길의 친구인 송태현의 아들 송영철이 말도 못 하고 침을 흘리며 꺽꺽대는 병에 걸려 들어온 것이 벌써 며칠 째였다.

병원에 데려가 보았지만 병원에서는 전혀 이상을 발견하지 못했다.

아버지가 친구 사이였기에 두 사람의 아들들도 자연스럽게 어울려 친구로 지내고 있었던 중이었다.

예전 평검사 시절 김대길과 송태현이 함께 어울려 낚시를 갈 때면 어린 두 아들을 함께 데려가서 어울리게 만들었던 것이 두 아들이 껌딱지처럼 붙어서 어울리게 만든 원인이 되었다.

또한 두 집안의 가족이 어울리면서 이제는 서로가 형제처럼 생각할 정도로 친해졌다.

김대길의 아들 김종현이 미국으로 유학을 떠날 때 송태현의 아들 송영철도 기어코 함께 떠나게 되었다.

이후 김종현과 송영철은 무엇을 하든 늘 함께 어울렸고 사고를 쳐도 늘 함께 사고를 치는 사이가 되었다.

두 아들은 김대길 차장검사와 송태현 변호사에게는 그야말로 앓는 이와 같았다.

아프다고 뽑을 수는 없고 치료를 하기에는 이의 절반을

깎아내야 하는 아픔을 감수해야 하는 그런 존재라고 할 수 있었다.

그런 두 아들이 지금 같은 증세로 앓고 있는 중이었다.

몸을 잘 움직이지 못하면서 숨을 쉬기 힘들어하고 스스로 손가락을 입에 넣어 무언가를 토하려는 듯이 컥컥대는 괴팍한 증상이었다.

김대길이 이를 악물었다.

"그날 두 놈들이 그 지경이 되었을 때 두 놈과 다툰 사람들이 있었다고 하던데, 혹시 그 사람들 때문이 아닐까?"

김대길 차장검사는 김종현과 송영철이 강남의 반포 쪽에서 처음 발견되었을 때 두 아들과 다툰 사람이 있었다는 말을 들었던 것을 기억해냈다.

김대길은 아들 김종현이 아내인 박선자를 졸라서 산 외제스포츠카를 타고 친구 아들놈이랑 어울려 겉멋처럼 폭주를 일삼고 싸돌아다니던 것을 보며 못마땅하게 생각했다.

하지만 그 역시 아들을 막을 수가 없었다.

사고가 일어나면 으레 자신과 아내가 뒤처리를 해주니 아예 겁을 상실한 듯 망나니처럼 오만하게 행동하다가 결국 영문도 모를 된서리를 맞게 된 셈이었다.

김대길의 귀에 송태현의 목소리가 들려왔다.

―나도 그 얘기를 들었는데… 두 놈의 차에 블랙박스가 없어서 그 사람들을 찾을 수가 없어. 그래서 그 근처에 당

시상황을 목격한 사람을 찾는다는 현수막을 붙여 놓았는데 아직 소식이 없어. 망할 이러다 정말 저 두 놈 모두 어떻게 될지 걱정이야.

밥을 먹지도 못하고 숨을 쉬는 것도 힘들어하는 두 아들이었다.

김대길과 송태현의 아들은 김동하와 한서영이 백령도에서 돌아오는 길에 우연히 거리에서 시비가 붙은 외제 스포츠카를 탄 망나니들이었다.

당시 김동하가 그들에게 용린활제라는 금제를 가해 놓은 것이 지금의 상황을 만들었다.

그들은 자신들의 차를 추월해 스쳐가는 승용차를 운전하고 있는 한서영의 미모를 보고 일부러 접근해 시비를 걸었지만 오히려 김동하에게 제대로 응징을 당하게 되었다.

김대길 차장검사가 한숨을 불어냈다.

"설마 두 놈이 그렇게 앓게 된 그게 사람이 한 짓이라고는 생각이 들진 않지만… 그 사람들을 찾으면 원인이라도 알 수 있을지 모른다는 생각이 들어서 꼭 찾고 싶어."

—나도 마찬가지네. 뭔 귀신에 씐 것인지 두 놈이 꼭 같은 증상으로 드러누웠으니 이것 참. 어찌 할 방도가 없어서 답답하네. 병원에서도 영문을 모르겠다고 하고…….

송태현의 목소리에도 걱정이 가득 들어 있었다.

김대길이 어두운 안색으로 눈을 질끈 감았다.

"이러다 두 놈 다 잘못될까 겁이 나서 아무것도 할 수가

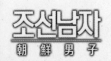

없어. 숨도 못 쉬고 음식도 잘 못 먹고 컥컥대며 눈물만 흘리니 원."

송태현이 대답했다.

―내가 한세병원의 원장한테 중국에서 침술로 유명한 사람이 있다고 들어서 그 사람을 한국으로 초대했네. 혹시 그 사람이라면 아들놈들의 증세를 낫게 해 줄 수 있지 않을까 싶네.

김대길이 눈을 치켜떴다.

"중국에서?"

―응! 중국에서는 제법 침술로 유명하다고 이름이 알려진 사람이라고 하더군. 아무나 치료를 하지 않지만 치료를 하면 꼭 낫는다고 하더라고. 돈이 제법 들지만 그 사람을 한국으로 초청했다네.

김대길의 표정이 살짝 밝아졌다.

"어, 언제 한국에 도착하나?"

―내일 오후에 한국에 도착한다고 하더군.

"그래?"

김대길은 중국에서 침술로 유명한 사람이 직접 한국으로 날아온다는 말에 일말의 희망을 가졌다.

고통스럽게 몸을 비틀며 숨 쉬는 것도 힘들어하는 아들의 모습을 바라보는 것만으로 가슴이 무너져 내리는 김대길 차장검사였다.

말이라도 한다면 원인이 무엇인지 물어보고 싶지만 아들

은 말도 하지 못하고 눈물만 흘리며 컥컥댔다.

김동하가 두 사내에게 가한 용린활제라는 금제는 해동무의 절기 중 점혈법을 살짝 변형한 금제법이라고 할 수 있었다.

몸속의 혈관을 용의 비늘 같은 기운이 돌아다녀 고통을 느끼게 하는 수법으로 용린활제에 당하면 숨을 쉬기 어렵고 몸을 움직이는 것도 힘들어진다.

마치 목에 무언가 걸린 듯 거북하고 말도 할 수 없을 정도의 고통을 겪어야 하는 매서운 수법이었다.

잠을 자는 것도 힘들고 숨을 쉬는 것도 고통스러워 차라리 죽고 싶을 정도의 극통을 감내해야 하는 모진 금제수법이 바로 용린활제였다.

김대길이 나직하게 한숨을 불어냈다.

"제발 그 사람이 두 놈을 치료해 주었으면 좋겠군."

김동하가 두 사람에게 용린활제의 수법을 걸고 정해놓았던 7주야의 금제시한 중 5일이 지나고 있었다.

이제 이틀 후면 자연스럽게 금제가 풀릴 것이지만 김대길이나 송태현은 전혀 그 사실을 모르고 있었다.

중국에서 초대를 했다고 하는 침술가도 용린활제를 풀어내지 못할 것이다.

그렇지만 시간을 맞춰 내일 오후에 도착한다면 그가 실행한 침술로 인해 두 사내가 치료가 된 것으로 오인될 수도 있었다.

김대길의 귀에 송태현의 목소리가 들려왔다.

—어쨌든 내일이면 그 중국침술사가 도착하니 그 사람에게 기대를 해 보자고.

김대길이 고개를 끄덕였다.

"돈은 얼마든지 들어도 좋으니 그 망나니 같은 두 놈이 자리에서 일어나면 좋겠어."

—나도 마찬가지야. 일단 두 놈을 살리는 것이 먼저니 돈이야 얼마든지 들어도 상관이 없지.

김대길이 머리를 끄덕였다.

"그럼 내일 보세."

—그러지.

딸칵—

전화가 끊어졌다.

김대길 차장검사가 한숨을 내쉬며 중얼거렸다.

"망할놈이 애비 속을 이렇게 태우다니……."

그때였다.

똑똑.

문에서 노크소리가 들려왔다.

김대길 차장검사의 눈이 문 쪽으로 향했다.

딸칵—

문이 열리면서 건장한 중년사내가 들어서서 정중하게 인사를 했다.

"윤부장이 웬일인가?"

문을 열고 들어선 사람은 중앙지검 윤경민 부장검사였다.

윤경민 부장검사가 인사를 하고 난 이후 김대길 차장검사를 바라보았다.

"토지부당거래 혐의로 입건된 한일그룹의 최태민 회장에 대한 조사를 중지하라고 지시하신 것이 차장님 지시인지 확인하러 들렀습니다."

윤경민의 말에 김대길이 이마를 좁혔다.

"그거 내가 지시한 것이 맞아. 한일그룹 최태민 회장의 문제는 특수부에 배당할 거야. 윤부장은 자료 이쪽으로 넘기고 한일그룹에서 손 떼."

"예?"

윤경민 부장검사의 눈이 커졌다.

검찰은 상명하복이 철저한 조직이다.

위에서 지시하면 무조건 따라야 하는 것이 원칙이고 이유나 사유를 따지거나 물어서도 안 되는 곳이었다.

상당히 경직된 관습이지만 지금까지 그것이 바뀌거나 개선이 된 적은 단 한 번도 없었다.

그야말로 철옹성처럼 완고한 원칙을 고수하고 있는 곳이 바로 검찰이었다.

윤경민이 굳은 표정으로 물었다.

"한일그룹은 제가 처음부터 조사를 한 곳입니다 차장님."

조선남자
朝鮮男子

176

김대길이 머리를 끄덕였다.

"알고 있어. 하지만 지검장님 방침으로 특수부에 배당하라는 지시가 떨어졌어. 어쩔 수 없는 일이야."

윤경민 부장검사의 표정이 다시 굳어졌다.

"지검장님 지시였습니까?"

"그래."

김대길 차장검사가 단호한 목소리로 대답했다.

윤경민의 얼굴에 살짝 허탈한 표정이 떠올랐다.

지검장의 지시라면 어쩔 수 없는 일이었다.

"알겠습니다."

"윤부장이 가진 자료는 장성영이에게 넘겨줘. 그놈 특수부로 갈 거야."

순간 윤경민의 눈이 번득였다.

자신을 회유해서 한일그룹 최태민 회장과 대면하게 만들었던 박쥐같은 놈이 바로 장성영이었다.

이를 악문 윤경민이 다시 인사를 하고 차장검사실을 나섰다.

김대길 차장검사의 방을 나서는 윤경민 부장검사의 얼굴에 찬바람이 불고 있었다.

"장성영, 이 자식이 어떤 수작을 꾸미는지 궁금하군."

차갑게 말을 하는 윤경민의 눈이 새파랗게 타오르고 있었다.

뚜벅뚜벅―

걸음을 옮기는 윤경민의 왼손이 가늘게 떨리고 있었다.

분한 것을 억지로 참고 있는 윤경민이었다.


"어? 누님 얼굴이 왜 그래요?"

침대에서 일어난 안진섭이 침대에 누워 있는 윤수경을 보며 놀란 듯이 눈을 동그랗게 떴다.

정부인 안진섭과 격정적인 밤을 보내고 곤한 잠에 빠져 있던 윤수경은 자신의 달콤한 단잠을 깨우는 안진섭의 말에 눈을 떴다.

어젯밤 자신의 아들인 서동혁을 건드린 의사라는 년과 젊고 새파란 사내놈 때문에 화가 가라앉지 않았던 것이 더욱 안진섭에 매달린 결과를 만들어낸 셈이다.

더구나 샘이 날 정도로 아름다웠던 미모의 여 의사에겐 알 수 없는 박탈감까지 느끼던 참이었기에 더더욱 안진섭에게 의지했다고 할 수 있었다.

자신과는 달라도 너무나 다른 여의사였다.

아름답고 늘씬했으며 그것도 모자라 의사라는 직업까지 가지고 있었다.

윤수경은 엄청난 재산을 가지고 있었지만 왠지 그 여자 의사와 비교해서 자신이 모자란다는 생각이 들었다.

볼록하게 튀어나온 뱃살과 날이 갈수록 노화되어 처지는 피부는 마치 여의사에게 복수를 하듯 안진섭에게 매달리게 만들었다.

안진섭도 그런 자신의 마음을 알고 있었는지 격정적으로 안아주었다.

그 때문에 지쳐서 눈을 뜨지도 못하고 잠이 들어 있던 윤수경이었다.

윤수경이 눈을 뜨며 쉰 듯한 목소리로 투정을 부렸다.

"으음~ 왜 그래?"

윤수경은 자신을 빤히 바라보며 놀란 듯이 눈을 동그랗게 뜨고 있는 안진섭을 졸음이 잔뜩 담긴 눈길로 올려다보았다.

안진섭이 하얗게 질린 얼굴로 눈을 껌벅이며 떨리는 듯한 목소리로 입을 열었다.

"누, 누님 얼굴이……."

"내 얼굴이 왜?"

윤수경은 자신의 얼굴에 무언가 묻었는지 손끝으로 얼굴을 쓰다듬으며 안진섭을 올려다보았다.

순간 윤수경의 눈이 동그랗게 변했다.

"어? 자기 얼굴은 또 왜 그래?"

윤수경의 눈에 들어온 안진섭의 얼굴은 남편인 서종환보다 더 늙어버린 듯했다.

머리칼이 하얗게 세어 있었고 볼은 홀쭉하게 패어 있었다.

안진섭이 눈을 껌벅였다.

자신의 눈에 비친 윤수경의 얼굴은 어젯밤 그렇게 패악

을 부리던 통통하고 매력적인 중년의 아줌마 얼굴이 아니라 70대의 노파처럼 늙어 있는 모습이었다.

그런 윤수경이 자신의 얼굴을 보며 놀라고 있었다.

안진섭이 멍한 얼굴로 침대 맞은편의 화장대로 재빠르게 걸어갔다.

화장대의 거울 속에 자신의 얼굴을 비치는 순간 안진섭의 머릿속이 하얗게 변해갔다.

"허억 이, 이게 뭐야?"

안진섭의 입에서 헛숨과 함께 쉰 목소리가 흘러나왔다.

"비켜 봐. 나도 좀 보게."

안진섭의 옆으로 출렁이는 뱃살을 흔들며 윤수경이 급하게 다가왔다.

비대한 체구의 윤수경의 몸집이 마치 물결처럼 흔들렸다.

어젯밤의 일로 화를 참을 수 없었던 윤수경은 남편 서종환에게 부산에서 매물로 나온 건물을 급하게 매입한다는 핑계를 대고 결국 안진섭과 밤을 보냈다.

평소 아내에게 주눅이 들어 있던 서종환은 아내인 윤수경이 어떤 말을 해도 그저 고분고분하게 들어주었다.

그로서는 평생 아내 윤수경의 드센 기질을 극복할 수 없을 것이었다.

아들인 서동혁에게도 아버지로서의 권위를 부려본 적이 없을 정도로 소심한 성격의 서종환이었기에 더더욱 그랬다.

호텔의 화장대 거울 앞에서 거울에 비친 얼굴을 바라보고 있는 안진섭과 윤수경의 입이 쩍 벌어졌다.

거울에 비쳐지는 두 사람의 얼굴은 어젯밤 보았던 그 팽팽하고 탄력이 흐르던 얼굴이 아니었다.

안진섭은 한순간에 수십 년은 늙어버린 듯 얼굴에 검버섯까지 피었고 머리칼도 하얗게 변해 있는 노인의 모습이었다.

윤수경은 더욱 충격적인 모습이었다.

쉘부르 뷰티케어에서 빠짐없이 관리를 받아 늘 팽팽한 탄력을 유지했던 복스러웠던 얼굴은 그 탄력이 모두 사라진 70대의 노파가 되어 있었다.

두 볼에 길게 팔자주름이 패어 있었고 눈 아래의 누당은 자글자글한 주름과 함께 아래로 축 처져 있었다.

윤수경이 덜덜 떨며 자신의 얼굴을 만지다가 거울에 비친 자신의 손을 보며 입을 쩍 벌렸다.

"이, 이게……."

덜덜덜.

그녀의 손은 메마른 한여름의 가뭄에 갈라진 논바닥처럼 주름으로 갈라져 있었다.

그녀의 백옥 같은 피부는 검게 죽어 있었고 통통하게 살이 쪘던 손등 역시 마찬가지였다.

어젯밤만 해도 그녀의 부유함을 대변할 것 같았던 통통한 이미지가 완전히 사라져 버렸다.

윤수경에게는 마치 천박함의 이미지로 대변되는 시골 촌로의 손등처럼 자글자글한 주름이 온몸을 뒤덮고 있는 것을 보며 윤수경은 아무 말도 하지 못하고 눈을 부릅뜨고 있었다.

윤수경은 머리가 쭈뼛 곤두서는 느낌이었다.

"어, 어떻게……."

안진섭도 마찬가지였다.

평소 체력과 건강이라면 세상 누구보다 자신이 있었던 안진섭이었다.

골프로 다져진 체력과 평소 헬스클럽에서 게으르지 않게 몸을 관리해 왔던 안진섭이다.

그런 안진섭이 한순간에 볼 살이 늘어진 볼품없는 노인으로 변해버리자 스스로 소름이 돋았다.

"누, 누님 이게 무슨 일입니까?"

안진섭은 이제는 노파로 변해버린 윤수경을 보며 질린 목소리로 더듬거렸다.

윤수경도 하얗게 질린 얼굴로 연신 자신의 얼굴을 쓰다듬고 있었다.

이것이 꿈이라고 생각하며 눈을 질끈 감았다가 떴지만 달라지는 것은 아무것도 없었다.

"내가 왜 이렇게 된 거야?"

윤수경은 자신이 단숨에 30살 이상 늙어버린 것이 믿어지지 않는지 연신 거울 속의 자신을 확인했다.

탄력이 흐르던 통통한 몸매 대신 아무것에도 쓸 수 없을 것 같은 주름으로 뒤덮인 초라한 몸뚱이로 변해버린 자신이 도무지 믿어지지 않았다.

몇 번이고 확인했지만 역시 이것은 꿈이 아니었다.

"꺄악~!"

결국 윤수경의 입에서 찢어지는 듯한 비명소리가 흘러나왔다.

강남의 킹덤호텔 VIP 룸에서 흘러나오는 비명소리는 호텔 전체를 흔들 정도로 날카로웠다.

방음장치가 잘된 덕분에 윤수경의 비명소리가 밖으로 흘러나가지 않은 게 다행이라고 할 수 있을 정도였다.

안진섭도 자신의 머리칼을 움켜쥐며 부들부들 떨고 있었다.

어젯밤만 해도 윤수경을 몇 번이나 안아주며 질펀한 밤을 보냈던 안진섭이었다.

그런데 지금은 거리에서 폐지를 줍는 것으로 생계를 이어가는 힘없는 노인의 모습으로 변해버렸다는 것이 믿어지지 않는 얼굴이었다.

"어, 어떻게 이런 일이⋯⋯."

안진섭의 턱이 덜덜 떨리고 있었다.

윤수경이 머리를 흔들었다.

풍성하던 그녀의 머리칼이 산발이 되어 흔들리고 있었고, 그런 윤수경의 모습은 그야말로 미치광이 광녀처럼 보였다.

"이, 이럴 순 없어."

윤수경은 자신이 하룻밤 사이에 너무나 늙어버린 것이 믿어지지 않았다.

허겁지겁 욕실로 달려간 윤수경이 단번에 샤워기를 틀어 자신의 몸을 씻기 시작했다.

자신의 몸에 만들어진 주름들이 물로 씻으면 씻겨나갈 것 같은 생각이 들었기 때문이다.

하지만 아무리 씻어도 윤수경의 모습은 달라지지 않았다.

"안 돼, 이건 안 돼."

윤수경은 너무나 참혹한 현실에 저절로 오금을 떨었다.

물을 뒤집어쓰고 몇 번이고 비누칠과 샴푸를 해도 그녀의 모습은 전혀 변화가 없었다.

윤수경은 남편이 운영하고 이는 피부성형외과에서 지방흡입술도 하지 않을 정도로 스스로를 챙기던 여자다.

그런 윤수경에게 한순간 젊음과 생기가 사라진 것은 전 재산을 빼앗긴 박탈감을 안겨주었다.

"어떻게… 나한테 왜 이런 일이 생기는 거야?"

윤수경은 물을 뒤집어 쓴 얼굴로 욕실의 거울에 비친 자신의 모습을 바라보았다.

한순간에 이런 식으로 늙는다는 말은 어디서도 들어본 적이 없었다.

욕실의 문이 열리면서 안진섭도 급하게 욕실로 들어섰다.

자신도 몸을 씻으면 예전의 자신의 모습으로 돌아갈 것이라고 생각한 모양이었다.

"누, 누님 나도 좀……."

안진섭이 허둥대며 샤워기의 물줄기를 맞고 서 있는 윤수경의 곁으로 다가왔다.

두 사람의 머릿속에는 어젯밤의 그 격정적이던 순간들은 이제 좁쌀만큼도 남아 있지 않았다.

다만 지금의 비정상적인 이 현실에서 벗어나고 싶은 생각밖에는 없었다.

윤수경이 이를 악물었다.

"너 나한테 무슨 짓을 한 거야?"

윤수경은 자신이 이렇게 변한 것이 안진섭 때문이라고 생각했다.

단둘이 같이 있었을 뿐이었기에 안진섭이 아니라면 자신을 이렇게 만들 사람이 없다고 판단한 것이다.

안진섭이 놀란 듯이 눈을 크게 떴다.

"그게 무슨 말이십니까?"

"네가 아니라면 내가 왜 이렇게 돼?"

윤수경의 눈이 표독스럽게 변했다.

하지만 어젯밤의 독기가 가득했던 그 눈이 아닌 자글한 주름으로 덮인 70대 노파의 눈길로 변해버린 눈빛이었다.

안진섭이 이를 악물었다.

"그건 내가 물어볼 것 같은데요? 난 왜 이렇게 되었습니까?"

"뭐?"

"누님이 변한 것처럼 나도 변해버렸잖아요? 내가 미치지 않았다면 일부러 내 스스로를 이렇게 만들었겠습니까?"

"……."

윤수경의 표정이 굳어졌다.

안진섭의 말이 틀리지 않았다는 것을 그녀도 느낀 것이다.

스스로 늙는 것을 선택할 인간은 없을 것이다.

그리고 그런 방법이 있다는 것도 들어본 적이 없었다.

순간 윤수경의 머릿속에 한 사람의 얼굴이 떠올랐다.

"마, 맞아. 장여사가 그랬다고 했지?"

윤수경은 쉘부르 뷰티케어에서 만났던 장미회의 엄수연의 얼굴을 떠올렸다.

엄수연이 전해준 같은 장미회의 멤버 중 한 명이었던 영진그룹의 안주인인 장수란 여사가 하룻밤 사이에 노파가 되었다는 말도 생각났다.

허둥거리며 다시 방으로 돌아온 윤수경이 물에 젖은 자신의 몸을 닦지도 않고 급하게 전화기를 찾아들었다.

떨리는 손으로 버튼을 누르자 이내 엄수연의 번호를 찾

아냈다.

따리리리리릿—

급하게 번호를 누른 채 전화기를 귓가로 가져가자 길게 이어지는 벨소리가 들려왔다.

초조한 얼굴로 호텔의 객실을 두리번거리는 윤수경의 눈에 호텔객실의 벽에 걸린 디지털시계가 눈에 들어왔다.

오전 10시가 갓 넘어가고 있는 중이었다.

간밤에 안진섭과 격정적인 밤을 지내고 늘어지게 늦잠을 잔 탓에 시간이 얼마나 흘렀는지 모르고 있었다.

입술을 잘근 깨무는 윤수경의 귀에 잠이 덜 깬 듯한 여자의 목소리가 들렸다.

—여보세요? 하암~

윤수경이 빠르게 입을 열었다.

"엄여사. 나예요. 청담동…….""

—아! 윤여사예요? 아침부터 무슨 일이에요?

윤수경이 급한 목소리로 물었다.

"급히 하나 물어볼 것이 있어서 전화했어요. 괜찮겠어요?"

엄수연이 멈칫했다.

평소 자신이 가진 재력을 과시하듯 도도함으로 똘똘 뭉쳐 있던 윤수경의 이미지를 알고 있었기에 이런 식의 전화는 약간 당황스러운 느낌이 들었다.

—뭔데요? 윤여사가 이런 시간에 저한테 물을게 있다고

하시니 놀랍네요. 아! 어젯밤에 아들 전화를 받고 급하게 나가시더니 무슨 일이 있었나요?

윤수경이 입술을 잘근 깨물었다.

"그게 아니라 어제 샵에서 엄여사가 나한테 했던 말 기억나요?"

—그게 뭔데요?

엄수연은 어젯밤 자신이 쉘부르 뷰티케어에서 촉새처럼 자신이 들었던 말을 윤수경에게 전해준 것을 잊고 있었다.

윤수경이 힐끗 욕실을 바라보았다.

욕실에서 안진섭이 씻는 소리가 흘러나오고 있었다.

이를 악문 윤수경이 욕실로 걸어가 문을 닫아버렸다.

그녀의 귀에 엄수연의 목소리가 들려왔다.

—누구 같이 있어요?

"아니에요. 그보다 어제 샵에서 태창의 가정부를 통해 들었다고 하면서 영진의 이사장인 장여사에 관한 이야기를 했던 것을 기억해요?"

—아! 장수란 여사가 갑자기 노파가 되었다는 이야기 말이에요?

엄수연은 윤수경이 어젯밤의 대화를 떠올리자 단번에 기억이 난 듯 눈치를 챘다.

윤수경이 급하게 물었다.

"그거 진짜예요?"

—물론이에요. 뭐 나도 장여사를 직접 본 적이 없어서 확

실하다고는 말하지는 못하겠는데 태창의 이여사가 가정부에게 직접 들었다고 했으니 틀린 말은 아닐 거예요. 근데 갑자기 이 아침에 그것은 왜 물어요?

윤수경이 눈을 질끈 감았다가 떴다.

잠시 이를 악물었던 윤수경이 입을 열었다.

"그게 원인이 뭐라고 하던가요?"

─장여사가 갑자기 늙어버린 원인을 말하는 거예요?

"네."

─그건 나도 모르죠. 태창의 가정부가 장여사가 사는 영진의 저택에서 일하는 가정부와 시장에서 우연하게 만나서 대화를 나누다가 영진의 가정부가 전해주었다는 말로는 장여사의 막내딸 때문에 병원에 다녀온 뒤로 그렇게 되었다고 들었는데요.

"병원이 어디라고 했었나요?"

윤수경은 그야말로 속이 타는 심정이었다.

원인을 알아야 치료도 할 수 있고 원상복구도 할 수 있다는 것을 알기 때문이었다.

엄수연이 더듬거렸다.

─갑자기 윤여사가 이렇게 꼬치꼬치 캐묻는 이유를 모르겠네요. 혹시 무슨 일이 있는 건가요?

눈치가 빠르고 입이 촉새처럼 가벼운 엄수연이었다.

어쩌면 윤수경이 지금 처해 있는 상황을 단번에 눈치챌 수도 있을 것이다.

윤수경이 입을 열었다.

"우리 남편 병원에 장여사와 비슷한 환자가 들어왔어요. 남편도 원인을 찾지만 그것을 몰라서 혹시나 해서 물어보는 거예요."

—아! 진짜예요?

엄수연이 단번에 윤수경의 거짓말에 속아 넘어가고 있었다.

윤수경이 재촉하듯 물었다.

"남편말로는 치료를 하기 위해서는 원인을 찾는 것이 급하다고 해요. 마침 어제 엄여사가 나한테 했던 장여사의 일이 생각나 엄여사에게 물어보는 거예요."

엄수연이 대답했다.

—글쎄요. 나도 전해들은 말인데 내가 듣기로는 세영대학병원이라고 들었어요. 장여사의 막내딸이 좀 별나잖아요. 그 애가 무슨 사고를 쳐서 같은 또래의 아이가 죽었는데 그 때문에 세영대학병원을 다녀왔다고 들었어요. 병원에 다녀온 이후에 그렇게 되었다고 하던데…….

윤수경의 얼굴이 굳어졌다.

"세영대학병원."

낯설지 않은 병원의 이름이었다.

윤수경은 어젯밤 자신의 앞에서 당당하게 자신이 세영대학병원의 내과의사라고 말하던 젊고 아름다운 여의사의 얼굴이 떠올랐다.

"그년이……."

윤수경의 눈이 서늘해졌다.

귀에 대고 있던 전화기에서 약간 놀란 듯한 엄수연의 목소리가 들려왔다.

—네? 방금 뭐라고 하셨어요?

윤수경이 당황한 듯 급하게 둘러댔다.

"아, 아니에요. 고마워요 엄여사."

—뭘요. 나도 전해들은 이야기뿐인데. 근데 정말 갑자기 그렇게 늙은 환자가 찾아왔다고요?

엄수연으로서는 평소에 콧대가 높기로 소문이 났던 영진의 장수란 여사가 갑자기 노파가 되었다는 소식이 믿기지 않았다.

그런데 윤수경의 남편이 운영하는 병원에 그런 증상을 가진 환자가 찾아왔다는 것에 호기심이 생긴 모양이었다.

윤수경이 둘러대었다.

"그, 그래요. 어떻게 치료를 하려 해도 원인을 알지 못하던 상황이어서 이리저리 알아보는 중이에요"

—세상에 정말로 그런 일이 생길수도 있는가 보네요. 나한테 그런 일이 생기면 끔찍해서 자살이라도 하고 싶을 거예요.

엄수연의 말에 윤수경이 어금니를 깨물었다.

"원인을 찾아서 치료를 해야지요. 어쨌든 엄여사 덕분에 원인을 찾을 수 있을지도 모르겠네요. 나중에 제가 밥 한

번 살게요."

—호호호 윤여사가 밥을 산다니 놀랍네요. 알겠어요. 기대할게요.

"그럼 나중에 봬요."

딸칵—

전화가 끊어졌다.

윤수경이 멍한 얼굴로 전화기를 내려다보았다.

"장여사가 다녀왔다는 병원이 세영대학병원이라고? 어제 그년도 세영대학병원의 의사라고 했지?"

윤수경은 자신이 이렇게 된 데에는 어젯밤에 보았던 그 시샘이 날 정도로 아름다웠던 젊은 여의사와 관련이 있을 것이라고 확신했다.

윤수경이 이를 악물었다.

"그년이 나를 이렇게 만들었다면 절대로 그냥 두지 않아. 아예 살점을 도려내서 질근질근 씹어 먹을 거야. 감히 나를 건드려?"

혼잣말처럼 중얼거리는 윤수경의 주름진 얼굴에 시퍼런 독기와 패악이 흘러내리고 있었다.

그때 욕실의 문이 열리면서 안진섭이 비틀거리며 객실로 걸어 나왔다.

아무리 씻어도 변해버린 얼굴은 원래로 돌아가지 않는다는 것을 실감한 것인지 안진섭의 입에서 기괴한 울음소리가 흘러나왔다.

"끄흐흐 도대체 왜 이렇게 된 거야?"

여자인 윤수경은 울지 않고 있었지만 사내인 안진섭은 눈물까지 흘리며 변해버린 자신의 모습에 절망했다.

어쩌면 이런 상황에서 더 냉정하고 차분하게 대처를 하는 것은 남자보다 여자가 더 나을 것이라는 것을 증명하는 듯한 광경이었다.

윤수경은 지금까지 안진섭에 대해서 가져왔던 그 모든 감정이 싸늘하게 식어버리는 것을 느꼈다.

타락한 쾌락에 빠져 잠시 자신을 잊어버렸다가 이제야 제정신으로 돌아오는 느낌이었다.

윤수경이 차가운 얼굴로 아직도 물기가 마르지 않은 자신의 몸을 타월로 닦았다.

윤수경이 몸을 닦는 동안 안진섭은 침대에 걸터앉아 두 손으로 얼굴을 가리며 흐느끼고 있었다.

그로서는 자신에게 남은 유일한 밑천이라고 할 수 있는 젊음과 넘치는 힘이 사라진 것에 대한 상실감과 허탈감을 견딜 수가 없었다.

윤수경은 아무런 말도 하지 않고 이제는 거의 볼품도 없이 쭈글쭈글하게 늙어버린 몸뚱이를 닦았다.

풍요에 익숙해졌지만 타락한 것에 대한 욕망이 짙어진다는 것을 절실하게 깨달은 윤수경이었다.

몸을 닦은 윤수경이 침대 옆에 벗어놓은 옷으로 갈아입었다.

침대에는 어젯밤의 격정의 흔적이 남아 있었지만 눈길도 돌리지 않고 냉정한 표정으로 옷을 입는 윤수경이었다.

이내 옷을 모두 챙겨 입은 윤수경이 자신의 가방을 들었다.

윤수경이 힐끗 침대에 걸터앉은 안진섭을 냉정한 시선으로 바라보다가 가방에서 봉투 하나를 꺼내어 옆으로 던졌다.

"철부지처럼 울지 말고 차분하게 상황을 직시해. 그리고 당분간 내가 먼저 연락할 때까지 나한테 연락하지 마. 봉투에 용돈 들었으니까 그것으로 당분간 혼자 지내고."

울고 있던 안진섭이 젖은 눈으로 윤수경을 바라보았다.

70대의 노파로 변해버린 윤수경이었지만 냉정하고 도도한 표정은 달라지지 않고 그대로 가지고 있었다.

"누, 누님."

안진섭이 울음 섞인 목소리로 윤수경을 불렀다.

윤수경의 이마에 깊게 주름살이 만들어졌다.

"여기서 운다고 상황이 달라지겠니? 원인을 찾아서 고치든지 아니면 평생 이대로 살든지 둘 중 하나를 선택해야 할 거야."

말을 마친 윤수경이 이내 객실의 문으로 걸음을 옮겼다.

윤수경의 모습 그 어디에도 어젯밤 안전섭의 품을 파고

들던 요부의 모습은 전혀 보이지 않았다.

호텔객실의 문을 열고 나서는 윤수경의 눈에는 마치 먹잇감을 포착한 맹수의 눈처럼 표독하고 날카로운 열기가 떠올라 있었다.

# 조선남자

## 朝鮮男子

### -천능의 주인-

소탈한 허영(疏脫한 虛榮)

"호호 이 정도면 되겠지?"

이은숙이 거울 속에 비친 자신의 모습을 보며 살짝 미소를 머금었다.

노란색의 원피스에 종아리가 드러난 옷차림이었다.

마치 봄날에 만개한 개나리의 꽃송이를 보는 듯한 느낌으로 무척이나 아름답게 보였다.

손목에는 처녀 시절 걸었던 진주알이 큼직하게 박혀 있는 원형의 팔찌가 걸려 있었고 머리칼도 처녀시절처럼 길게 빗어 내렸다.

어디를 보아도 50대의 중년여인으로 보이지 않는 그저

20대 후반 정도의 늘씬한 처녀의 모습이었다.

평소에는 아까워서 잘 들고 다니지 않던 가방도 깨끗하게 닦아서 왼쪽 어깨에 걸어놓은 모습은 흠 잡을 곳이 없이 완벽했다.

어쩌면 큰딸인 한서영이 한두 살 정도 나이를 더 먹으면 딱 이럴 거라 생각되는 모습이었다.

젊은 시절부터 미모 하나만큼은 친구들 사이에서도 소문이 날 정도로 아름답다고 알려진 이은숙이었다.

딸들도 모두 엄마의 미모를 타고났다고 했을 정도로 예전의 그 아름다움은 변치 않고 30년 전의 그 모습 그대로 돌아와 있었다.

아내의 외출준비를 지켜보고 있는 한종섭이 이마를 찌푸렸다.

"그렇게 하고 나가지 않아도 충분히 예쁜데 뭘 그렇게 가꿔?"

한종섭은 아내 이은숙이 사위가 될 김동하로 인해 예전의 젊음을 되찾은 것으로 만족하지 못하고 처녀시절처럼 화장을 하고 치장하는 것이 마음에 들지 않는 표정이었다.

지금까지 살아오면서 단 한 번도 가족 외에 한눈을 팔았던 적이 없이 살아왔다고 자부하는 자신이며 아내였다.

그렇지만 지금 과거의 그 아름다운 모습으로 꾸며서 외출을 준비하는 아내의 모습이 불안하게 느껴지는 한종섭이다.

이은숙 여사가 흰 이를 드러내며 머리를 돌려 남편을 바라보았다.

오후에 미국에서 올 바이어를 만나기 위해 옷을 갈아입기 위해 귀가한 남편이었다.

한종섭은 평소 털털한 점퍼차림에 사무실로 출근한다.

그렇지만 외국의 바이어나 거래처의 손님을 만나는 약속을 하게 되면 정장을 항상 고집하기에 서둘러 귀가해서 옷을 갈아입으려다 아내의 외출준비를 목격한 것이다.

이은숙이 웃으면서 입을 열었다.

"호호 내가 예쁘니까 불안해요?"

한종섭이 투덜거렸다.

"사위 놈 덕분에 젊어진 것은 좋지만 당신이 30년 전의 처녀처럼 보이니까 철없는 애송이들이 착각하고 들러붙을까 걱정이 되는 것은 사실이지."

한종섭이 기어코 자신의 본심을 털어놓았다.

이은숙은 남편의 본심을 듣게 되자 기분이 좋은 듯 웃음소리를 터트렸다.

"호호호 그러니까 날 처녀처럼 보고 남자들이 날 꼬셔 보려고 수작부릴 것 같다는 말이에요?"

한종섭이 입술을 비틀었다.

"젊어진 게 그냥 좋은 것만은 아니라는 것을 느꼈어. 생전 한 번도 생각해 보지 못한 질투심까지 생기니 원."

"당신이 질투하는 게 왜 이렇게 귀여운지 모르겠네요.

호호호."

소녀처럼 깔깔 웃는 아내를 보며 한종섭이 어색하게 웃었다.

"나도 이 나이에 왜 그런 생각이 드는지 어색하다니까."

이은숙이 웃으면서 대답했다.

"걱정하지 말아요. 껍데기만 예전 처녀시절 모습이지 속알맹이는 다 늙어가는 할망군데요 뭐. 호호호."

"그 동창회라는 것을 몇 시까지 하는 거야?"

오늘 아내 이은숙이 여고 동창을 만나는 날이라는 것은 며칠 전에 들었다.

아내가 완전히 달라진 모습으로 동창회에 나갈 것이라며 며칠 전부터 예전에 입었던 옷을 다시 꺼내 손질하는 등 부산을 떨었기에 오늘 동창회 모임에 잔뜩 기대를 하고 있다는 것을 알고 있었다.

이은숙이 입가에 미소를 가득 담고 한종섭을 바라보았다.

"모르겠어요. 다들 오랜만에 만나는데 간단하게 밥만 먹고 오겠어요?"

한종섭이 살짝 웃으며 입을 열었다.

"오랜만에 외출하는 것이니 친구들 만나면 놀고 싶을 만큼 놀다 와. 전에 서영이를 시샘해서 당신한테 아들자랑으로 놀렸다는 그 친구에게 시원하게 복수도 해주고 말이야. 하하."

이은숙이 웃었다.

"은애 말하는 거예요? 호호 은애계집애는 아마 날 보면 밤새 잠을 못 잘걸요? 박사 아들 부심으로 서영이랑 비교하며 얼마나 자랑하던지 약이 올랐는데, 이번에는 그년이 약이 오를 거예요. 분명히. 호호."

이은숙이 지금 말하는 은애라는 사람은 이은숙의 친구이자 고등학교 동창인 최은애였다.

은근히 앙숙이었던 최은애는 이은숙에게 큰딸 한서영이 세영대학병원에서 내과인턴으로 근무한다는 것을 듣자 놀리듯 자신의 아들 임철민이 미국에서 경영학박사학위를 따서 대한민국의 최고의 대기업 중 한곳인 서륭그룹에 특별 채용되어 어린나이에 억대의 연봉을 받는 자리에 올랐다고 부심을 부려 약을 올렸다.

한서영이 의사라고 하지만 이제 겨우 인턴일 뿐이다.

레지던트 과정을 거쳐 전문의 자격을 따낸다고 해도 자신의 아들과는 비교가 되지 않을 것이라고 은근히 이은숙의 비위를 건드렸다.

그런 최은애에게 달라진 자신의 모습을 보여줄 생각에 은근히 신이 나 있는 이은숙이었다.

아들이 대기업의 고위직에 근무한다는 것 하나만으로 세상 전부가 자신의 손에 있는 것처럼 콧대를 높이던 친구의 콧대를 이번에 단숨에 눌러줄 생각을 했다.

아내가 신이 난 모습을 보이자 한종섭이 결국 웃음을 터트렸다.

"재미있게 놀아. 그동안 콩나물 값도 아낀다고 먼 재래시장까지 걸어 다니던 것도 잊고, 쓰고 싶은 곳에 넉넉하게 돈도 좀 쓰고 말이야."

남편의 부드러운 말에 이은숙이 흥흥거리며 웃었다.

"그건 싫네요. 그냥 이 모습만으로 충분한데 뭐 하러 돈을 써요? 그리고 동창회 모임에 쓰는 돈은 회비에서 낼 거니까 그런 걱정은 하지 말아요."

"알았어. 어쨌든 신나게 놀다 와."

한종섭은 아내의 겉모습이 달라지긴 했지만 깍쟁이처럼 몇 푼이라도 아끼려는 아내의 원래 성품은 변하지 않았다는 것을 알고 입을 벌리고 웃었다.

이은숙이 남편 한종섭을 보며 물었다.

"근데 당신은 몇 시에 바이어를 만나기로 했어요?"

한종섭이 힐끗 손목시계를 바라보았다.

"인천에 오후 4시에 도착한다고 했으니 김대리가 6시까지 소공동의 호텔로 데려올 거야. 숙소를 그쪽으로 잡아놓았으니 그곳에서 만나야겠지."

미국에서 도착하는 바이어를 마중하기 위해 한종섭이 운영하는 서진무역의 부하직원이 인천공항으로 마중을 간 것이다.

이은숙이 눈을 깜박이며 한종섭을 바라보았다.

"그럼 당신도 예전에 서영이가 첫 인턴급료 받았을 때 당

신에게 사주었던 그 옷을 입고 가세요. 그 옷이 제일 예뻐요. 넥타이도 그때 산 감색 넥타이를 매고요."

이은숙의 말에 한종섭이 빙그레 웃었다.

"내가 입을 옷은 내가 고를 테니 걱정하지 마."

"호호 알겠어요. 그럼 나 나가요?"

아내의 동창들이 만나는 시간은 이제는 50대의 나이가 된 가정주부들답게 오후 3시였다.

장소는 한남동의 '동매향'이라는 한식집으로 예약이 되어 있었다.

너비아니 구이가 일품이라고 알려진 한식집 동매향은 이은숙처럼 나이든 주부들의 동창회장으로 제법 널리 알려진 곳이었다.

한종섭이 웃으면서 입을 열었다.

"어서 가 봐. 가서 당신 동창들에게 젊고 예뻐진 당신모습 마음껏 뽐내고 오라고."

"호호 그럴게요."

이은숙이 웃음을 머금고 가방을 챙겨들어 현관으로 향했다.

그때였다.

삐비비비비빅―

현관의 비밀번호가 눌리는 소리와 함께 문이 열리면서 이은숙의 막내아들인 한강호가 현관으로 들어섰다.

한강호는 현관의 입구에 서 있는 엄마의 모습을 보며 입을 벌렸다.

"어? 엄마!"

"호호 이제 오니?"

"와! 엄마가 진짜 엄마야?"

한강호는 너무나 달라진 엄마 이은숙의 모습을 보며 눈을 치켜떴다.

이은숙이 웃으면서 물었다.

"왜? 엄마가 이상하니?"

한강호가 대답했다.

"아니 그게 아니라 엄마 지금 모습이 꼭 큰누나 같아."

"뭐?"

이은숙이 눈을 깜박였다.

한강호가 웃으면서 입을 열었다.

"진짜라니까? 진짜 큰누나가 엄마 옷을 입은 것 같아. 정말 예뻐."

아들이 예쁘다고 해 준 말에 이은숙은 마치 날아갈 것 같이 즐거워졌다.

"호호호, 역시 우리 아들. 보는 눈이 있다니까."

그때 현관 쪽으로 한종섭이 걸어 나왔다.

"이제 오냐?"

한강호가 아빠의 얼굴을 발견하고 다시 엄마에게 시선을 던졌다.

"아빠! 엄마 진짜로 예뻐. 진짜 큰누나 같다니까."

한종섭이 웃으면서 입을 열었다.

"인석아. 당연히 엄마니까 예쁘지."

한종섭은 아들의 눈에도 아내가 예쁘게 보인다는 사실이 흐뭇하기만 했다.

한강호가 물었다.

"근데 엄마 어디 가?"

"오늘 엄마 동창회라는 것 잊었니?"

"아! 맞다 오늘이지."

이은숙의 여고동창모임을 모르는 가족은 아무도 없었다.

그간 이은숙이 동창회를 기다리며 워낙 수선을 부렸기에 오늘의 엄마동창회를 모든 식구들이 모두 알고 있었다.

이은숙이 웃으면서 한강호를 바라보았다.

"넌 씻고 책 챙겨서 큰누나 집으로 가야지."

한강호가 머리를 끄덕였다.

"응."

매형이 될 김동하가 공부를 시작하면서부터 한강호도 매일 큰누나의 집에 들러 작은누나에게 교습을 받기로 약속되어 있었다.

한강호의 막내누나인 한지은은 학교에서 돌아오는 시간이 워낙 늦어서 그럴 필요가 없었지만 한강호는 매형이 될 김동하와 함께 한유진에게 교습을 받기로 한 것이다.

큰딸 한서영처럼 아이들은 모두가 영리하고 똑똑했다.

따로 학원에서 추가로 공부하지 않아도 될 정도로 학과 수업 하나만큼은 잘했다.

물론 그것은 둘째인 한유진이 동생들의 학과과정을 찬찬히 살펴준 이유도 있었지만, 별다른 학원수업을 받지 않아도 모든 형제들이 공부는 걱정하지 않아도 될 정도로 영리하다는 것도 한종섭과 이은숙에게는 큰 자랑거리가 되었다.

한강호가 거실로 올라서자 이은숙이 구두를 신고 한종섭을 돌아보았다.

"그럼 다녀올게요."

"그래."

한종섭이 부드러운 시선으로 아내를 배웅했다.

지금까지 네 아이들을 키우면서 여고동창회 같은 특별한 모임이 아니라면 별다른 외출도 하지 않았던 아내였다.

그런 아내가 모처럼 신이 난 어린아이처럼 잔뜩 들떠서 외출을 하고 있는 것이 그저 안쓰럽기만 한 한종섭이었다.

이내 아내가 집을 떠나자 한종섭이 몸을 돌렸다.

자신도 옷을 갈아입어야 하기 때문에 그가 향하는 곳은 안방 쪽이었다.

언제 아들이 세면실로 들어간 것인지 거실의 세면실에서 물소리가 들려왔다.

참으로 한가로운 평범한 가정의 일상이 지나가고 있었다.

한남동에서 남산1호터널 방향으로 향하는 약간 경사진 위치의 오른쪽에 예전 조선시대의 건물처럼 기와로 만들어진 고풍스런 목각 문이 보인다.

과거에 대갓집의 입구 정문에 세워진 문의 좌우에는 동매향(東梅香)이라는 글이 새겨진 한정식 전문점이 위치하고 있었다.

동매향의 앞쪽에는 동매향을 찾는 손님들이 타고 온 차들이 주차할 공간이 만들어져 있었고 이미 한쪽 주차장은 가득 차들이 들어차 있었다.

노란색의 개나리꽃 같은 원피스를 입은 너무나 아름다운 여인이 상기된 얼굴로 동매향으로 들어섰다.

입구부터 전을 굽는 음식냄새가 흘러나오고 있었고 정갈하게 가꾸어진 동매향의 정원 안쪽에는 간간히 사람들이 웃는 소리가 들려왔다.

이은숙이 눈을 반짝이며 주변을 둘러보았다.

"매실이라고 했지?"

동매향은 '매란국죽 청홍금은(梅蘭菊竹 靑紅金銀)'이라는 명칭이 붙은 8개의 대실로 구성되어서 손님을 받는 곳이다.

각각의 대실 가격은 차별이 있었고 일반적으로 평범한 모임은 매란국죽 4개의 대실로 치러진다.

매란국죽과 달리 청홍금은으로 이루어진 대실은 혼기를 앞둔 남녀들의 가족들이 상견례를 하는 정도의 크기였기에 사람이 많은 모임은 매란국죽실을 이용하는 것이다.

이은숙이 동매향의 정원으로 들어서자 나비넥타이를 맨 종업원이 급하게 달려왔다.

"어서 오세요."

나비넥타이를 맨 종업원은 20대 후반으로 보이는 젊은 사내였다.

종업원이 이은숙의 얼굴을 보다가 놀란 듯 눈을 크게 치켜떴다.

너무나 아름다운 이은숙의 모습에 자신도 모르게 놀란 모양이었다.

마치 영화나 텔레비전에 나오는 연예인처럼 한눈에 보아도 저절로 탄성이 흐를 정도로 아름다운 모습이었다.

이은숙이 웃으면서 물었다.

"매실에 예약된 사람이에요. 혹시 매실에 사람들이 많이 도착했나요?"

서둘러 나온다고 했지만 전철역에서 이곳까지 거리를 계산하지 못한 탓에 조금 늦어서 도착한 이은숙이었다.

종업원이 벌겋게 붉어진 얼굴로 대답했다.

"예! 3시에 매실 예약하신 손님들 열 분 정도가 도착하셨습니다."

"호호 그래요."

이은숙 여사가 하얀 이를 드러내며 웃었다.

그 모습이 너무나 예뻐서 종업원이 당황한 듯 몸을 돌렸다.

"매실로 안내해 드리겠습니다."

"고마워요."

종업원은 이은숙의 얼굴을 보고 있으면 시선을 뗄 수 없을 것 같아 허둥대듯이 몸을 돌렸다.

매실은 동매향의 입구 쪽에서 정문이 보이는 좌측 끝 방향의 약 20평 정도 되는 전통한옥의 구조로 만들어진 방이었다.

이미 방안에서는 깔깔거리는 여자의 웃음소리가 들려오고 있었다.

좀 전에 이은숙이 동매향으로 들어오면서 들었던 웃음소리가 매실에서 흘러나오고 있는 중이었다.

오랜만에 듣는 친구들의 웃음소리에 이은숙 역시 자신도 모르게 입가에 미소가 떠올랐다.

종업원이 매실의 입구에 서서 이마를 숙였다.

"여기가 매실입니다. 그럼 편안한 시간 되십시오."

이미 동매향은 이은숙이 동창모임으로 몇 번이나 방문했기에 매실이 어딘지 알고 있었지만 종업원은 친절하게 매실까지 데려다 주었다.

이은숙이 가볍게 머리를 숙여 마주 인사를 했다.

"친절하시네요. 고마워요."

"아, 아닙니다."

생각지도 않게 이은숙에게 답례인사를 받자 당황한 얼굴로 인사를 하며 돌아서는 종업원의 얼굴이 발갛게 달아올라 있었다.

가슴에 동매향 안내직원 노정식이라는 이름표가 달린 종업원은 동매향에서 근무한 이후 이은숙처럼 젊고 아름다운 여인은 처음이었다.

퓨전레스토랑을 좋아하는 젊은 여성에게 고풍의 느낌이 가득한 동매향은 선호하는 레스토랑이 아니라는 것을 잘 알고 있는 그였다.

그런 동매향에 너무나 젊고 아름다운 여자 손님이 찾아온 것에 자신도 모르게 가슴이 설레는 느낌이었다.

자신과는 아무런 연관도 없고 자신에게는 단 한 푼의 관심도 없을 아름다운 여인에게 인사를 받자 까닭 없이 설레는 느낌이 든 것이었다.

한정식 전문점인 동매향은 남성손님보다 여성손님이 많은 편이었고 나이가 어린 사람들보다는 어느 정도 세상살이의 연륜이 쌓인 중년 이상의 손님들이 친목모임을 하거나 동창회 등을 위해 찾아오는 경우가 대부분이었다.

그런 상황에서 노정식에게 동매향의 손님으로 찾아온 이은숙은 매실의 손님과는 전혀 어울리지 않는 젊은 여인이었다.

매실에 예약된 손님들 대부분이 50대 이상의 중년여인들이었지만 그 사람들과 이은숙은 전혀 어울리는 것 같지가 않았다.

얼굴이 붉어진 채 머리를 갸웃거리며 동매향의 입구 쪽

으로 걸음을 옮기는 노정식이 힐끗 머리를 돌려 이은숙을 바라보았다.

이은숙이 매실의 난간에서 구두를 벗고 있는 것이 눈에 들어왔다.

"매실 손님 중에 한 분의 딸인가?"

혼잣말처럼 중얼거리는 노정식의 손에 땀이 흥건하게 고이고 있었다.

노정식이 머리를 절레절레 흔들었다.

"동매향에 오신 손님들 중에서 지금까지 저 여자처럼 아름다운 사람은 보지 못했는데… 오늘 내가 운이 좋은 건가?"

머리를 갸우뚱하며 이내 정문 쪽으로 빠르게 걸어갔다.


"호호 그래, 영선이 네 아들은 어디에 취직했다니?"

매실의 안쪽 좌측 끝자리에 앉아있던 최은애가 두 개로 이어진 한식반상의 중간에서 상 위에 놓인 산적구이를 젓가락질 하는 여인을 바라보며 물었다.

고등학교인 이성여고를 졸업한지 벌써 32년이 흘렀지만 방안에 모여 있는 여인들은 32년 전의 과거의 갈래머리 팔랑이던 여고생의 추억 속으로 돌아간 듯 수다를 떨고 있었다.

이성여고 동창인 김영선이 산적구이에 젓가락질을 하다 말고 머리를 돌려 최은애를 바라보았다.

"서광시스템인가 하는 곳에 입사했어. 반도체 연구하는 곳이래."

말을 하는 김영선의 얼굴이 살짝 붉어져 있었다.

아들 이야기만 나오면 최은애에게 주눅이 드는 것은 어쩔 수가 없었다.

최은애의 아들인 임철민이 젊은 나이에도 대한민국에서도 알아주는 서륭그룹의 중역으로 특채되었다는 것을 모르는 동창은 없었다.

미국에서 공부를 했다고 하기에 대단하다는 것은 알았지만 설마 아직 혼인도 하지 않은 나이에 서륭그룹의 중역으로 특채될 줄은 몰랐기 때문이었다.

동창들이 만나면 자식자랑 남편자랑은 빠지지 않는 옵션이다.

그중 최은애의 아들에 대한 부심은 다른 친구들의 빈정을 상하게 만들 정도로 심했다.

하지만 그렇다고 최은애의 아들인 임철민보다 나은 자식이 없으니 대응하기도 쉽지 않은 일이었다.

말석에 앉아 있던 고순자가 끼어들었다.

"맞아. 은애 네 아들이 지금 서륭그룹에서 직책이 뭐라고 했지?"

고순자는 여고시절부터 친구들의 말에 추임새를 곧잘 넣어주는 수다쟁이였다.

최은애가 이를 드러내며 웃었다.

"응. 서륭그룹의 해외개발팀의 미주지역 본부장이래. 본부장이라고 하지만 이사급이라고 들었어."

최은애가 짐짓 담담한 표정을 짓고 있었지만 최은애가 또다시 자식자랑을 하는 것임을 모르는 동창은 없었다.

"그래? 호호 어린 나인데도 정말 대단해, 어쩌면 나중에 한 10년 후면 서륭그룹 계열사 사장으로 승진하는 것 아니니?"

고순자의 말에 다른 친구들이 맞장구를 친다.

"맞아맞아. 은애 쟤는 나중에 아들 덕을 톡톡히 볼 거야."

"어쩜 그 나이에 서륭그룹에서 본부장을 한다니?"

"부럽다 애."

중년여인들의 독특한 수다가 한동안 계속되고 있었다.

최은애는 친구들이 자신의 아들을 부러워하는 것을 은근히 즐기고 있었다.

학교를 졸업하고 수십 년이 흘러 지금의 나이가 되면, 세상에서 자랑할 것은 자식들과 남편이 가진 사회적 위치와 경제력으로 자신에게 주어지는 동등한 품위의 과시다.

그 때문에 동창회에 나가면 평소 사용하지 않던 명품가방으로 치장하고 김칫국물 묻은 낡은 옷 대신 옷장에서 몇 번이나 입었다 벗었다를 반복하며 최고로 아름다운 옷을 찾아 입고 나오는 것이다.

그것을 증명하듯 동매향의 매실에 둘러앉은 여인들은 모

두가 화사한 외출복을 입고 있었다.

평소에는 귀찮아서 끼지 않았던 결혼반지도 찾아서 끼고 머리도 미용실에 가서 최대한 우아하게 손질하고 이곳으로 모였다.

한쪽에서 나물무침에 젓가락을 올리던 유영실이 물었다.

"근데 우리 이성여고 출신중에서 최고 미인이었던 은숙이는 왜 아직도 안 와? 걔 오늘 동창회 모임이라는 것 모르는 거 아냐?"

유영실의 말에 고순자가 끼어들었다.

"맞아. 은숙이 걔 왜 아직도 안 오는 거야?"

거의 모든 친구들이 모였지만 아직 오지 않은 친구들 중에서 이은숙이 제일 궁금했던 유영실이었다.

상차림의 중간쯤에 앉아 있던 약간 키가 큰 친구 김다영이 입을 열었다.

"은숙이 걔 큰딸 서영이 의대졸업해서 인턴 한다고 했지?"

조용히 듣고 있던 동창 하순영이 입을 열었다.

"은숙이가 얼굴도 예뻤지만 공부도 잘했잖아. 그 딸이지 엄마 은숙이 피를 그대로 물려받았을 거야."

최은애가 피식 웃었다.

"학교 다닐 때 은숙이가 조금 예뻤지만 그래도 우리 이성여고 역대 최고 미인이라고 하는 것은 좀 아니지 않나?"

고순자가 끼어들었다.

"호호 은애 쟤는 은숙이 말만 나오면 앙숙처럼 굴어."

고순자의 말에 아까 자신의 아들에 관한 말을 물어 약간 빈정이 상했던 김영선이 끼어들었다.

"호호 맞아. 학교 다닐 때도 은애 쟤는 은숙이가 예쁘다는 말만 나오면 뾰족하게 굴었어."

"내가 언제……."

최은애가 살짝 이마를 찌푸렸다.

하지만 김영선의 말이 틀리지 않았다는 것을 자신도 알고 있었다.

이성여고시절 유난히 선생님들과 근동의 남학교에서 인기가 많았던 이은숙에게 까닭 없는 라이벌 의식을 느끼던 그녀였다.

이성여고에서도 특별하게 소문이 났던 이은숙의 미모를 보기 위해 방과 후에 이성여고 학교 정문 앞에서 수많은 남학생들이 기다릴 정도였다.

나름 자신도 예쁘다고 자부하던 최은애게 이은숙은 그야말로 미운 시누이 같은 느낌이었다.

머리도 얼핏 비슷해서 최은애와 이은숙이 서로 번갈아가며 전교수석을 다툴 정도였다.

나중에 이은숙이 대학에 진학해서 공부를 하다, 졸업도 하지 못하고 지금의 남편을 만나 결혼을 하며 학교를 그만두었다는 소식에 끝까지 공부를 마친 자신이 그제야 이겼다고 생각했을 정도로 이은숙에게 라이벌의식을 가진 최은애였다.

최은애가 입을 삐죽거렸다.

"딸 키워서 뭐해? 기껏 키워 의사 만들어 놓으면 생판 모르는 딴 사내놈이 채가 버리잖아. 그런데 아들이면 평생 같이 살 테니까 아들이 낫지. 그리고 이제 의사자격 따서 인턴 마치고 레지던트 거쳐서 전문의까지 딴다고 해도 그때는 나이가 몇 살이야? 혼기도 놓치고 병원에서 위치는 어정쩡하고 힘만 들 텐데. 가장 좋은 것은 스스로 전문의로 개업하는 건데, 그러려면 집안 기둥뿌리 뽑힌다는 것을 알아야 해."

듣고 있던 유영실이 웃으면서 입을 열었다.

"호호 은숙이 큰딸 서영이가 의사니까 아마 사위도 의사가 되지 않겠니? 뭐 부부가 둘이서 서로 같은 병원에서 일하면 그것도 좋을 거야. 어쩌면 은숙이가 그걸 제일 바랄걸?"

유영실의 말에 다른 친구들이 호응했다.

"맞아 평생 은숙이 년은 죽을 때 까지 병원비 걱정하지 않을 거고 일반 회사들처럼 회사가 부도나서 망할 것 걱정하지 않아도 될 거고."

고순자가 기다렸다는 듯이 박자를 맞추어 주었다.

김영선도 끼어들었다.

"왜 그런 말 있잖아? 딸 키우면 비행기타고 아들 키우면

버스타고 다녀야 한다고 말이야. 은숙이한테 큰딸 서영이
가 비행기 태워줄지 누가 알아? 호호 요즘은 대기업도 잘
못하면 한순간에 엎어진다는데.”

친구들의 말에 최은애가 대꾸하기 싫다는 듯 입술을 삐
죽거렸다.

그때였다.

똑똑—

닫힌 매실의 문에서 노크소리가 나면서 문이 열렸다.

모두의 시선이 문 쪽으로 향했다.

매실을 찾아왔다면 동매향의 종업원이 음식을 가져왔거
나 아니면 늦게 도착한 친구들밖에 없을 것이다.

스르르르륵—

문이 열리면서 눈부시게 환한 노란색의 원피스를 걸친
아름다운 젊은 여인의 모습이 보였다.

“호호 오래 기다렸지? 미안해, 전철역에서 여기까지 오
는 시간을 잘못 계산했어.”

환하게 웃으며 매실로 들어서는 여인은 너무나 젊고 아
름답게 변해버린 이은숙이었다.

김영선이 입을 벌리며 눈을 깜박였다.

“누, 누구세요?”

김영선은 자신이 알고 있던 이은숙의 모습이 아닌 너무
나 젊고 아름다운 아가씨가 방을 잘못 찾은 것으로 생각했
다.

다른 사람들도 마찬가지였다.

이은숙이 손으로 입을 가리며 웃었다.

"호호 영선이 계집애 넌 여전히 통통하네? 나 은숙이야. 모르겠니?"

김영선이 눈을 부릅떴다.

"으, 은숙이라고?"

"세상에⋯⋯."

"뭐야? 저 아가씨가 은숙이라고?"

"미쳤어."

이은숙의 여고동창들은 너무나 달라진 이은숙의 모습에 하얗게 질린 얼굴로 방안으로 들어선 그녀를 바라보았다.

이은숙이 최은애를 보며 살짝 웃었다.

"은애야 잘 지냈니?"

최은애가 질린 듯한 얼굴로 이은숙을 바라보았다.

노란색의 원피스를 걸치고 산뜻한 모습으로 서 있는 이은숙의 모습은 이제 갓 20살 후반의 아름다운 아가씨의 모습으로 보였다.

"너⋯ 너가 은숙이라고?"

이은숙 가 생긋 웃었다.

"그래 기집애야. 날 몰라보다니 서운하네."

"세상에⋯⋯."

최은애의 입이 벌어졌다.

매실의 방안에서 놀라지 않은 사람은 오직 이은숙밖에

없었다.

이은숙의 얼굴을 올려다보던 최은애가 물었다.

"어, 어떻게 된 거야? 네 얼굴이 어떻게……."

최은애는 자신들과 비슷하게 늙어있어야 할 이은숙이 너무나 젊고 아름답게 변해서 오히려 젊은 시절로 돌아간 듯한 모습이었기에 소름이 돋을 지경이었다.

이은숙이 살짝 웃었다.

"아! 배고파. 여기서 밥 먹으려고 점심을 참았더니 배고파."

이은숙이 대답 대신 식탁의 비워진 자리에 앉았다.

모두의 시선이 이은숙의 움직임을 바라보고 있었다.

김영선이 급하게 물었다.

"야! 이은숙. 이게 어떻게 된 건지 말해 봐. 너 얼굴 어떻게 된 거야?"

이은숙이 하얀 이를 드러내며 웃었다.

"웅! 내 큰사위가 나한테 선물을 해 준 거야."

"큰사위?"

"큰사위라고?"

"이게……."

모두가 자식들을 키우는 중년의 여인들이다.

자식들이 결혼을 하거나 집안에서 경조사가 있다면 당연히 청첩장을 돌리거나 개별적으로 연락을 해서 초대를 하여 축하를 받는 것이 정상이었다.

그런데 그 누구도 이은숙에게 큰사위를 맞이한다는 연락을 받은 사람이 없었다.

이은숙의 말에 모든 친구들의 얼굴이 딱딱하게 굳어졌다.

이은숙이 상 위에 차려진 절편 하나를 집어서 입으로 가져갔다.

처녀시절 그 아름답던 도톰한 입술 사이로 절편이 사라졌다.

최은애가 급하게 물었다.

"은숙이 너 큰딸인 서영이가 시집을 간 거야?"

이은숙이 절편을 씹으며 대답했다.

"아니."

"그럼?"

최은애가 다급하게 묻자 다른 친구들의 시선이 모두 이은숙의 얼굴에 집중되었다.

이은숙이 씹고 있던 절편을 삼키며 식혜 한 모금을 들이켰다.

그 모습도 젊은 시절 미모로 이름을 날리던 이은숙의 모습을 다시 보는 것처럼 예쁘고 곱다.

이은숙이 식혜를 삼키고 입을 열었다.

"아직 정식으로 결혼식을 올린 것은 아닌데 조만간 결혼식을 올리기로 예정되어 있어."

"세상에……."

말석에 앉은 고순자가 다급하게 물었다.

"은숙이 너 큰사위도 의사니?"

이은숙이 생긋 웃었다.

"응."

큰딸 한서영이 김동하를 한의대에 입학하게 만들겠다고
했으니 사위인 김동하도 의사가 될 것은 틀림없는 일이었
다.

그 때문에 고순자가 의사인지 물었을 때 의사라고 말해
도 틀리지 않다고 생각한 이은숙이었다.

"기가 막혀."

"정말 부부의사가 되었네?"

"난 귀신에 홀린 것 같아. 은숙이가 저렇게 젊어지다니
몸에 소름이 끼쳐."

이은숙에게 제일 관심이 많았던 최은애가 급하게 물었
다.

"네 얼굴 한 번 만져 봐도 되니?"

이은숙이 그럴 줄 알았다는 듯이 빙긋 웃었다.

"주물러도 좋으니까 만져봐."

이은숙은 평소에도 아들부심으로 자신에게 라이벌 의식
을 가지고 있던 최은애의 콧대를 이참에 눌러놓을 심산이
었다.

학창시절에도 자신의 미모에 생각지도 않았던 질투심을
느끼던 최은애였다.

최은애도 못생긴 얼굴은 아니었지만 이은숙의 미모가 이성여고뿐만 아니라 근동의 남자고등학교에 소문이 날 정도로 알려지자 견딜 수 없는 질투심에 괜한 일로 이은숙을 시기했다.

미모뿐만 아니라 무슨 일이건 이은숙과 연관된 일이라면 눈에 쌍심지를 켜고 달려드는 최은애였다.

한서영이 의대본과를 마치고 의사자격을 따서 본격적으로 의사가 되었다는 소식을 듣게 되자 자신의 아들을 내세워 이은숙의 심경을 건드린 것도 그런 이유에서 촉발되었다.

이은숙의 큰딸 한서영의 미모는 이은숙의 동창들도 모두 알고 있었다.

한서영이 어릴 때의 이은숙의 미모를 그대로 물려받았고 머리까지 총명하다는 것으로 인해서 이은숙이 청하지도 않은 혼처까지 은근히 건네던 동창들이었다.

최은애로서는 자신이 자랑하고 싶은 아들보다 이은숙의 큰딸인 한서영이 동창들의 입방아에 오르내리는 것을 보며 한동안 잊고 있었던 학창시절의 시기심이 다시 발동한 것이다.

최은애는 이은숙이 대수롭지 않다는 듯이 얼굴을 만져보라고 하자 큰 눈을 깜박이며 이은숙의 얼굴을 세밀하게 살펴보았다.

자신과 친구들의 얼굴에 세월이 남기고 한 훈장처럼 달

려 있던 잔주름 하나 보이지 않는 너무나 팽팽한 피부였다.

  엷은 화장을 했다곤 하지만 피부에는 탄력이 넘치고 있었고 윤기까지 흐르는 그야말로 완벽하게 20대의 처녀시절로 돌아간 이은숙의 모습이었다.

  최은애가 손가락으로 이은숙의 얼굴을 조심스럽게 만졌다.

  최은애의 손가락에 탄탄한 이은숙의 피부가 느껴졌다.

  이성여고 동창인 다른 친구들도 최은애가 이은숙의 얼굴을 손으로 만지는 것을 호기심이 가득한 시선으로 바라보고 있었다.

  최은애나 이은숙를 비롯한 여고동창들처럼 지천명의 나이를 넘긴 나이를 먹은 여자들에게 가장 관심이 있는 것은 애지중지 키워왔던 자식들과 지금까지 살아오면서 자신의 내조로 이루어낸 남편의 사회적 위치와 그로 인해 얻게 된 안정적인 삶의 영위와 경제적인 여유일 것이다.

  하지만 지금처럼 20대의 처녀시절로 돌아간 이은숙를 보는 순간 온통 관심은 그 모든 것을 잊게 만들 정도로 충격적이었다.

  최은애가 이은숙 와는 달리 잔주름이 선명하게 그려진 큰 눈을 껌벅이며 이은숙을 보며 물었다.

  "서, 성형수술 한 거니?"

  이은숙이 웃었다.

"글쎄."

얼굴에 침 한 대 맞은 적이 없이 사위인 김동하가 품고 있었던 천명을 손으로 만진 이후 이런 모습으로 변하게 된 것이니 성형수술 따위는 절대 아니었다.

"필러시술을 한 거야?"

최은애는 나이든 여자들이 얼굴의 주름을 없애기 위해서 필러시술을 한 것인지 물었다.

필러시술이란 인간의 피부와 유사한 점도를 가진 성분을 주사기를 통해 피부 아래 진피층에 강제적으로 주입하여 노화로 인해 패이거나 꺼진 부위를 메우고 볼륨을 명확하게 만들어 주는 쁘띠성형을 말한다.

근육을 마비시켜 주름을 완화하는 보툴리눔 주사시술과 함께 대표적인 성형시술이 바로 필러시술이다.

필러시술의 역사는 1800년대 후반부터 시작된 시술자의 지방을 이식하여 주입한 것으로 시작되었고, 이후 파라핀이나 실리콘 같은 금지성분을 인체에 주입하기도 하였다.

필러시술에 관한 연구가 활발해지면서 다양한 필러시술 성분이 발표되었다.

근래에 와서는 인간의 피부관절액과 연골 등에 존재하는 히알루론산이 주성분인 레스틸젠이라는 성분이 FDA승인을 받고 필러의 중요성분이 되었다.

그 이후 레스틸젠과 함께 인간의 치아나 뼈의 주성분인

미네랄 인산칼륨 (CaHA)를 함유한 생체적합성 플리머까지 등장해 필러의 주성분으로 사용된다.

최은애는 이은숙이 필러시술을 받았다고 확신하고 있었다.

필러시술을 하지 않은 이상 이렇게 달라진 모습으로 동창회에 모습을 드러낼 수도 없을 것이라고 스스로에게 확신을 주입했다.

최은애의 말에 다른 친구들이 이구동성으로 물었다.

"얘, 은숙아 네 사위가 근무하는 병원이 어디니?"

"우리도 받을 수 있어?"

"시술비는 얼마나 든 거야?"

한순간에 수십 년의 세월을 거슬러 올라가 아름다웠던 처녀시절의 모습으로 돌아간 이은숙을 보는 순간 자신들도 이은숙처럼 젊은 시절로 돌아가고 싶은 욕망에 휩싸이는 동창들이었다.

이은숙이 웃으면서 머리를 흔들었다.

"그런 거 아니야."

듣고 있던 입빠른 친구 고순자가 애원하듯 말했다.

"얘! 그러지 말고 말해줘. 돈이 비싸다고 해도 좋으니까 우리도 받게 해 줘, 은숙아."

"나도 돈이라면 얼마든지 낼게."

최은애까지 끼어들었다.

"너처럼 완벽하게 시술한다면 돈은 얼마든지 낼 수 있

어. 그러지 말고 네 사위한테 우리도 시술 한 번 받게 해
줘. 지금 당장 할 수 없다면 나중에라도 꼭 받게 해 줘."

최은애는 필사적으로 이은숙에게 매달렸다.

과거에는 이유도 없이 이은숙에게 라이벌 의식을 가지고
있었다고 할 수 있지만 지금은 라이벌 의식이 아닌 절박함
때문이었다.

친구는 20대의 젊은 아가씨로 변했지만 자신은 누가 보
아도 세월과 함께 늙어가고 있는 중년의 아줌마가 되어 있
다는 것이 도저히 참을 수가 없는 박탈감으로 느껴졌기 때
문이다.

이은숙이 난감한 표정을 지었다.

사위인 김동하가 정식으로 자격을 취득한 의사가 아니라
는 말도 할 수 없었고 지금 나이가 고작 18살이라는 것도
털어놓을 수 없었다.

이은숙은 자신이 달라진 모습으로 동창회에 나왔을 때
동창들이 놀라는 모습을 보면 즐거울 것이라고 생각하고
신이 나 있었지만, 정작 그 후유증이 사위인 김동하와 연
결되자 난감한 상황이었다.

이은숙이 더듬거렸다.

"내, 내가 사위한테 말해볼게. 그리고 큰사위가 공부 때
문에 곧 외국으로 몇 년 정도는 나가 있어야 해서 그동안
은 시술할 수 없을 거야."

최은애가 급하게 물었다.

"공부 때문에 나가는 거니?"

"응."

큰딸 서영의 말대로 한의대에 진학하기 위해서 검정고시 준비를 해야 하는 김동하였다.

때문에 당분간 외출조차도 힘들 것이니 아예 외국으로 나간다고 거짓말을 했다.

거짓말을 하는 이은숙의 가슴이 뜨끔했지만 그렇다고 사위인 김동하를 친구들에게 보여줄 수 없기에 친구들에게 거짓말을 하는 소탈한 사치를 부리기로 마음먹었다.

최은애가 물었다.

"그럼 몇 년 후에는 돌아오는 거니?"

이은숙이 머리를 끄덕였다.

"응. 돌아오면 서영이랑 결혼을 하게 될 거야. 그래서 미리 약혼 정도는 해놓은 거야."

"그, 그래?"

듣고 있던 친구 김다영이 물었다.

"언제 돌아오는데?"

이은숙이 머리를 살짝 갸웃했다.

"나도 정확하게 알진 못하는데 아마 4, 5년은 걸리지 않을까?"

대학에 입학해서 예과 2년과 본과 4년을 마쳐야 겨우 의사자격시험을 볼 자격이 생긴다.

하지만 그전에 어떤 식으로든 해결이 될 것이라고 엉겁

결에 생각한 이은숙이었다.

이은숙은 이럴 줄 알았으면 치장하지 말고 그냥 평범하게 동창회에 참석했을 것이라고 마음속으로 후회하고 있었다.

친구 유영실이 안타깝다는 얼굴로 중얼거렸다.

"휴우 몇 년을 어떻게 기다려? 우리 수현이 시집 가기 전에 시술받을 수나 있을지 모르겠네."

이은숙이 말한 4, 5년이라면 짧지 않을 시간이다.

그 시간동안 자신은 또 그 세월만큼 늙어갈 것이었기에 한숨이 흘러나오는 것이다.

다른 친구들도 마찬가지였다.

"하필이면 이럴 때 외국엘 간다는 거니? 공부하러 간다고 하니 붙들 수도 없고……."

말석에 앉은 이정선이 입을 열었다.

"이제 우리는 은숙이 쟤하고 같이 다니면 안 될 것 같아. 사람들이 은숙이를 보면 우리가 딸을 데리고 다닌다고 할 거 아냐?"

이은숙이 손으로 입을 가리며 웃었다.

최은애가 눈을 반짝이며 입을 열었다.

"정말 나중에 꼭 시술받게 해 줄 거야?"

이은숙이 하얗고 고른 이를 드러내며 머리를 끄덕였다.

"호호 그래. 동하, 아니 내 큰사위한테 꼭 약속을 받아 놓을게."

"고마워."

최은애는 진심으로 고마운 표정을 지었다.

아들이 대기업의 중역이라고 해도 젊은 날의 자신의 모습으로 돌아가는 것보다 나을 리는 없었다.

나이는 먹었어도 자신을 비롯해 친구들은 모두 여자의 본성을 잊지 않고 있었다.

여자의 본성은 아름다운 것에 대한 집착을 원초적 본능처럼 가슴에 품고 살아가는 것이기 때문이다.

그때 말석에 앉아 있던 고순자가 물었다.

"근데 은숙이 네 큰딸은 어떻게 네 사위를 만나게 된 거니? 의사가 될 거라고 줄창 공부만 하던 애가 몰래 연애를 할 시간도 없었을 텐데."

이은숙이 웃었다.

"나도 몰라. 그냥 서로 인연이 되려고 하니까 만나게 된 거겠지."

김동하가 500년 전 조선시대에서 시간의 공간을 지나 이곳에 도착했다는 것을 털어놓을 수는 없었다.

최은애가 약간 실망한 얼굴로 이은숙을 바라보았다.

아들 부심을 부렸지만 최은애의 마음속에 친구이자 라이벌(?)인 이은숙의 큰딸인 한서영과 자신의 아들을 짝 지어줄 생각을 품고 있었던 중이었다.

하지만 이미 한서영에게 남자가 있다는 말에 살짝 마음한쪽이 허전해 지는 느낌이 들었다.

비록 친구인 이은숙의 앞에서는 자신의 아들이 잘나고 유능하다는 것을 자랑하였지만 이은숙 의 큰딸 힌서영이 의사이면서도 엄청난 미인이라는 것에 자신의 며느리로 만들 욕심을 내심 품고 있었던 최은애였다.

하지만 이제 그것은 영원히 이루어질 수 없다는 것을 느끼자 소중한 것을 놓친 것 같은 생각에 마음이 착잡해지는 것은 어쩔 수 없었다.

김영선이 물었다.

"사위 집안은 뭐하는 집안이니?"

혼기에 이른 자식을 가진 사람이라면 당연히 배필이 될 사람의 가문을 물어보는 것이 정상이었다.

이은숙이 잠시 눈을 깜박이다가 대답했다

"사위의 아버님도 의사 분이셔."

"그, 그래?"

조선시대 왕실의 내의원 수장인 어의를 지낸 사람이 바로 김동하의 부친이라는 것을 알고 있는 이은숙이었다

그 때문에 의사라고 하는 말도 틀리지 않았다

김영선이 놀란 듯 눈을 껌벅였다

"그러니?"

최은애가 물었다

"유명하신 분이시니? 왜 가끔 텔레비전의 아침방송에서 보면 의학박사님들이나 유명한 의사들이 나와 건강강의나 병의 증세 등을 설명해 주시는 경우가 많잖아. 그런 분

이셔?"

이은숙이 대답했다

"그냥 소박하게 진료만 하시던 분이셔. 유명세를 떨치시는 것도 아니고."

"그래?"

지금까지 말 대신 입을 다물고 있던 친구 하순영이 입을 열었다

"언제 네 사위가 한국으로 돌아오면 얼굴 한 번 보여줘. 도대체 어떤 신랑감이기에 그 도도하던 네 큰딸 서영이가 넘어간 것인지 궁금하다 얘."

"맞아. 난 어쩌면 서영이는 재벌가로 시집갈지도 모른다고 생각했는데… 서영이 걔 웬만한 연예인보다 예쁘잖아. 봐! 은숙이 쟤 지금 저렇게 차려입고 거리에 나가면 연예인 하자고 달려드는 사람도 있을 것 같잖아? 젊은 시절 지 엄마 얼굴을 고대로 빼박을 정도로 예쁘고 의사니까 평범한 사람에겐 시집가지 못할 거라고 생각했는데. 호호."

수다쟁이 고순자가 거들었다

김다영이 머리를 끄덕였다

"순자 말이 맞다. 서영이가 어릴 때부터 지 엄마 얼굴을 그대로 닮아서 시집도 좋은 곳으로 갈 거라고 생각했지."

듣고 있던 최은애가 약간 김이 빠진 목소리로 입을 열었다

"솔직하게 난 서영이 그애를 내 며느리로 데려올 생각까

지 했었어.”

최은애의 말에 이은숙이 놀란 듯이 눈을 부릅떴다

“은애 네 며느리로 삼으려 생각했다고?”

이은숙으로서는 미처 생각지도 못했던 말이었다

최은애가 입술을 비틀며 씁쓸하게 웃었다

“응, 사실 그래서 은숙이 너한테 내 아들 자랑을 심하게 한 거였어. 서영이 짝으로 나쁘지 않을 것이라고 생각했거든?”

이정선이 끼어들었다

“맞아. 뭐 은애 아들이라면 서영이 짝으로도 별로 모자랄 것은 없지. 어쩌면 서륭그룹에서 가장 젊은 나이에 계열사 사장자리에 오를지도 모를 정돈데.”

“……”

이은숙은 아무 말도 할 수가 없었다.

천하에 그 누구를 데려와도 자신의 큰딸 한서영의 배필은 자신에게 지난날의 아름다운 시절을 돌려준 김동하와 비교할 순 없었다.

이은숙이 생긋 웃으며 입을 열었다

“니들이 뭐라고 하든 나는 내 큰사위가 제일 좋아.”

이은숙은 사위 김동하는 이제 아들이자 큰딸 한서영의 가장 완벽한 배필이라고 작심하고 있었다.

그런 이은숙을 그녀의 친구들이 부럽다는 시선으로 바라보고 있었다.

한남동 한정식집 동매향의 매실에 모인 이성여고출신의 총창들의 모임은 이내 20대의 아름다움을 되찾은 이은숙에 대한 부러움과 젊음을 되찾은 그녀의 아름다운 미모에 대한 칭찬으로 이어졌다.

이은숙은 오랜만에 모인 여고동창들의 잡스런 수다와 함께 푸짐하게 차려진 한정식을 곁들이며 태어나서 처음으로 소탈하게 부려보는 허영에 만족감을 느끼며 친구들과의 해후를 즐기고 있었다.

오후 3시에 시작된 모임은 오후 5시가 넘어갈 때까지 끊어지지 않고 이어졌다.

여고시절의 선생님 이야기들부터 살아오면서 일상다반사로 겪는 소소한 일상들까지 중년이 넘은 아줌마들의 수다주제는 넘치도록 많았다

8월의 늦더위는 오후가 되어도 수그러들지 않을 정도로 후덥지근한 날씨였지만 매실의 에어컨은 그야말로 가슴속까지 시리게 만들 정도로 시원한 바람을 불어내고 있었다.

# 조선남자

## 朝鮮男子

### -천능의 주인-

뜻밖의 손님

지이이이잉—

조용히 컴퓨터의 화면을 바라보고 있던 한서영의 전화기가 진동음을 울리며 부르르 떨었다.

기한 내로 외국에서 발표된 논문의 원고를 해석해서 발표문까지 작성해야 한다.

그러자면 사소한 소음도 방해가 될 것 같아 전화기의 벨소리를 아예 진동으로 바꿔놓은 한서영이었다.

김동하의 방에서는 동생 한유진이 김동하와 막내 한강호를 불러 앉혀 공부를 가르치고 있을 시간이었기에 집안은 적막강산처럼 조용했다.

한서영으로서는 생각지도 못했던 근신 10일이라는 징계를 받았기에 아예 한가한 시간을 이용해 몇 편의 외국논문을 해석할 생각이었다.

징계가 풀려 병원으로 복귀하면 토픽리뷰시간에 발표해야 할 자료였다.

한서영은 고요한 정적을 깨트리듯 부르르 떨고 있는 자신의 전화기를 바라보았다.


[윤경민 부장검사님.]


입력해 놓은 이름을 본 한서영의 큰 눈이 깜박이고 있었다.

논문에 집중되어 있던 정신을 흩트리며 전화를 받았다.

딸칵—

"여보세요?"

한서영의 입에서 조심스런 목소리가 흘러나왔다.

그녀의 귀로 굵직한 윤경민 부장검사의 목소리가 들렸다.

—저 윤경민입니다.

"아! 네 검사님. 무슨 일이세요?"

한서영의 눈이 반짝였다.

윤경민 부장검사가 기분이 좋은 듯한 목소리로 입을 열었다.

─동하군에게 좋은 소식이 있어서 전화를 드렸습니다.

순간 한서영의 눈이 커졌다.

"좋은 소식이라고요?"

─네! 하하, 가정법원 쪽에 제 동기가 판사로 있어 그 친구에게 동하군의 가족관계 등록 창설신고를 접수시켜 놓았는데 빠르게 결과가 나왔습니다. 이제 동하군의 신원에 관한 문제는 별일 없을 것입니다.

한서영의 입이 살짝 벌어졌다.

"정말이에요?"

─그렇습니다. 방금 가족관계 등록을 허가한다는 등본까지 받아왔으니 이대로 동하군이나 닥터한이 거주하는 동사무소 측에 접수만 하면 될 겁니다.

한서영이 빠르게 입을 열었다.

"지, 지금 당장 나갈게요. 어디에 계세요?"

─제 사무실에 있는데…….

"제가 식사라도 대접할게요. 애써 주셨는데 고맙다는 인사는 해야겠어요."

한서영은 윤경민 부장검사로 인해 김동하가 빠르게 신원의 근거를 마련했다는 것이 무척 고마웠다.

윤경민 부장검사가 쑥스럽다는 듯이 웃는 소리가 들려왔다.

─하하하 굳이 그러시지 않아도 되는데… 가정법원의 허가판정이 내려진 등본은 제 사무실의 김계장을 시켜 닥

터한의 자택으로 전해드리면 됩니다. 번거로우시면 택배나 우편으로 보내드릴 수도 있고요. 1개월 이내에 허가등본을 동사무소에 접수만 하면 되는 일이니 서두르지 않아도 될 겁니다.

퇴근 후 다른 사람과 선약속이 있어서 굳이 한서영과 만나는 것이 부담스러운 윤경민 부장검사였다.

하지만 한서영은 윤경민 부장검사가 다른 약속이 있다는 것을 모르고 있었기에 마음이 급했다.

자신의 남편이 될 김동하와 관련이 되어 있는 일인데 한가하게 늑장을 부릴 생각은 손톱만큼도 없었다.

한서영이 머리를 흔들었다.

"아니에요. 제가 나갈게요. 동하의 일인데 어찌 모른 척하겠어요? 그리고 애써주신 것에 꼭 감사하다는 인사는 하고 싶어요."

윤경민 부장검사가 잠시 생각하는 듯 망설이다가 이내 입을 열었다.

—알겠습니다. 그럼 닥터한도 알고 있는 황실옥에서 만나는 것이 어떻겠습니까? 제가 그쪽에 약속이 있어서 그곳이 나을 것 같군요. 참! 오늘 저와 황실옥에서 만나기로 약속이 된 그 친구 닥터한도 아는 사람입니다. 그때 들으니 닥터한의 작은아버지라고 했던 것 같던데…….

순간 한서영의 눈이 동그랗게 변했다.

"작은아빠요?"

―하하 네, 한동식 변호삽니다. 가끔 동식이 그 친구랑 퇴근 후 소주 한잔 마시는 곳이 바로 황실옥이라는 곳이지요. 그날 닥터한과 동하군을 황실옥에서 우연하게 만나게 된 것도 그곳에서 소주 한잔 하기 위해서 들렀다가 만나게 된 겁니다. 하하.

한서영의 머릿속에 그날 황실옥에서 만났던 작은아빠 한동식의 얼굴이 떠올랐다.

경황이 없어 그날 이후 작은아빠에게 연락을 하지 못했던 것이 기억났다.

어쩌면 아빠가 동생인 작은아빠에게 자신과 김동하와의 관계를 알려주었을지 모르지만 그랬다면 진즉에 자신에게 전화로 사실관계를 물어왔을 것이라는 생각이 들었다.

한서영의 눈이 반짝였다.

"호호 잘되었네요. 사실 작은아빠에게도 알려드려야 할 일도 있으니 오히려 잘된 일이에요."

한서영은 아빠가 작은아빠에게 말하기 전에 자신이 먼저 김동하와의 관계를 설명할 생각이었다.

더구나 황실옥이라면 한서영이 김동하와 함께 식사를 하기 위해 들렀다가 뉴월드파라는 양재득의 패거리를 만난 곳이었기에 모를 리가 없는 곳이다.

한서영이 머리를 끄덕였다.

"알겠어요. 그쪽으로 갈게요."

―어차피 퇴근시간이니 그곳에서 간단히 식사라도 하도

록 하지요.

"네. 지금 바로 그곳으로 갈게요."

―당연히 동하군도 같이 나오는 것이겠지요?

한서영이 입술을 살짝 벌리며 웃었다.

김동하와의 관계를 부모님이 허락한 이후 한서영의 곁에서 김동하가 떨어진 적은 없었다.

집 안에서 각자 공부를 하거나 한서영이 잠을 잘 때만 곁에 있지 않을 뿐이었다.

한서영이 대답했다.

"물론이에요. 동하가 없이는 저도 외출을 하지 않으니까요."

동생 한유진을 통해 김동하의 엄청난 재질을 알게 되었으니 몇 시간의 외출 정도는 아무런 상관도 없을 것이다.

오히려 이참에 같이 외출해서 서점을 들러 김동하가 알고 싶어 하는 지식이 담긴 책들을 사가지고 돌아오는 것도 나쁘지 않다.

한서영의 귀로 윤경민 부장검사의 목소리가 들렸다.

―알겠습니다. 그럼 잠시 후 그곳에서 뵙겠습니다.

"네."

한서영이 전화기를 내려놓았다.

한서영의 가슴이 두근거리고 있었다.

500년이라는 세월을 건너온 김동하에게 새로운 신분이 만들어진다는 것은 김동하와 부부의 연을 맺기로 결정된

한서영에게는 참으로 즐거운 일이었다.

한서영이 급하게 자리에서 일어섰다.

딸칵—

컴퓨터를 끄지도 않고 문을 열고 거실로 나간 한서영이 김동하의 방으로 급하게 발걸음을 옮겼다.

이내 방문 앞에서 잠시 숨을 멈추었다가 노크를 했다.

똑똑—

노크를 하고는 문을 열자 원형의 큰 상에 둘러앉은 세 명의 남녀가 보였다.

동생 한유진과 김동하 그리고 막냇동생인 한강호였다.

한강호는 무엇에 놀란 것인 눈을 동그랗게 뜨고 김동하를 바라보고 있다가 문이 열리는 소리에 머리를 돌렸다.

"무슨 일이야? 언니!"

한유진은 평소 동생들이 공부를 할 때는 건드리는 일이 없는 언니가 갑자기 문을 열고 들어서자 놀란 표정을 지었다.

한강호가 여자처럼 생긴 곱상한 얼굴에 놀라움을 가득 안고 큰누나 한서영을 바라보고 있었다.

김동하도 무심한 얼굴로 한서영을 바라보았다.

한서영이 잠시 미안한 표정을 짓다가 이내 입을 열었다.

"동하는 잠시 공부를 멈추고 나랑 같이 갈 곳이 있어."

김동하가 눈을 껌벅였다.

"갈 곳이 있다고요?"

"응! 윤검사님이 동하의 신분을 등록할 허가증을 받았다고 했어. 원래는 좀 오래 걸리는 일인데 지인한테 부탁해서 특별히 빨리 받아내셨다고 했어. 감사인사 드리러 가야 하니까 오늘은 공부 그만해."

한서영의 말에 막내 한강호가 끼어들었다.

"큰누나, 매형 장난 아니야. 매형은 천재야 천재."

"뭐?"

"둘째 누나가 내주는 문제 금방 다 풀어버려. 나도 모르는 건데……."

한강호가 머리를 절레절레 흔들었다.

평소 사내답지 못하고 계집애처럼 곱상하다고 친구들에게 놀림을 받는 한강호였기에 또래의 친구들보다 공부만큼은 더 특별해야 한다고 아주 공부에만 매달렸다.

그 이유로 큰누나나 작은누나를 비롯해 막내누나처럼 전교1등을 놓쳐본 적이 없었던 한강호였다.

그런 자신의 입을 아예 다물어 버리게 만들 정도로 매형은 특별한 머리를 가졌다는 것에 놀라고 있는 것이다.

한유진이 머리를 절레절레 흔들었다.

"강호, 아니 형부 같은 속도라면 어떤 사람이 가르쳐도 며칠 만에 바닥이 드러나게 될 거야. 수학을 이렇게 재미있어 하는 사람은 처음 봤어 언니. 아니 수학뿐만 아니라 모든 과목을 다 재미있어 해."

한유진도 인정하고 있었다.

한서영이 웃었다.

"호호 그 정도니?"

한유진이 머리를 끄덕였다.

"이 상태라면 올해 지은이랑 같이 수능을 쳐도 쉽게 치를 거야. 정말 사람이 아니라니까."

한유진이 질렸다는 듯이 머리를 흔들었다.

김동하가 빙그레 웃었다.

"모르는 것을 새롭게 알아간다는 것은 밥을 배불리 먹는 것보다 더 큰 포만감을 안겨주게 되지요."

한서영이 머리를 끄덕였다.

"유진이가 저렇게 말할 정도라면 내가 걱정할 일은 없겠네. 다행이야."

한서영은 김동하가 한의대에 입학할 때까지 몇 년이라는 시간이 걸릴 것으로 생각했다.

현대의 교과과목을 하나도 모르는 그야말로 백지에서 출발하는 김동하였다.

때문에 한의대에 입학할 자격을 얻기까지 10년이 넘는 긴 시간을 허비해야 할 수도 있다고 생각하고 있었다.

다행히 노력해서 대입자격을 따낸다고 해도 대한민국에서의 한의대란 보통의 성적으로는 지원조차 할 수 없는 학과였다.

하지만 그런 한서영의 고민을 한 번에 날려버리려는 듯이 김동하는 그야말로 인간으로 여겨지지 않을 정도로 최고의 천재로서의 자질을 보여주고 있었다.

아버지가 주신 의서를 통째로 모두 외워버렸다는 말이 허구가 아니었다는 것을 김동하 스스로가 증명하고 있는 것이다.

한서영이 머리를 끄덕였다.

"공부는 그만하고 윤검사님을 만나야 해."

김동하가 담담한 얼굴로 대답했다.

"알겠습니다."

김동하가 자리에서 일어섰다.

다른 사람이라면 몰라도 자신의 신분을 새로 만들어준 윤경민 부장검사라면 마땅히 만나서 감사하다는 인사는 해야 한다고 생각한 김동하였다.

한서영이 동생들을 보며 입을 열었다.

"공부를 방해하려는 것이 아니라 동하에게 중요한 도움을 주신 사람이기에 만나서 인사를 하려는 거야. 그러니 너희들도 이해해 줘."

한유진이 대답했다.

"형부는 상관없어 언니. 어차피 막내도 돌아갈 시간이니 끝내려고 했어."

한강호가 머리를 흔들었다.

"싫어 나 안 가. 매형처럼 될 때까지 더 해야 해."

한강호는 자신이 풀지 못한 수학문제를 단숨에 풀어내는 매형 김동하를 보며 자신의 실력에 초조해지는 것을 느꼈다.

얼마 전까지 자신에게 초등학교시절 보던 책을 건네주라고 했던 큰누나의 말을 듣고 자신이 매형을 가르친다는 생각까지 품었던 한강호다.

하지만 정작 공부가 시작되자 매형은 자신은 흉내조차 낼 수 없는 천재중의 천재라는 것을 알게 되었다.

그것이 자극이 된 것이다.

막내가 더 공부해야 한다고 욕심을 부리자 한유진이 웃었다.

"너도 형부 때문에 자극이 된 거니?"

"몰라. 매형처럼 되기 전까지 나 안 갈 거니까 작은누나가 나 좀 가르쳐줘."

한강호는 작은누나 한유진에게 매달려 반드시 매형과 같은 실력을 키울 생각이었다.

지켜보던 한서영이 웃으면서 입을 열었다.

"그럼 좀 더 공부하고 돌아가. 너무 늦게까지 하면 내일 학교 갈 때 힘들 테니 적당히 하고."

한강호가 머리를 흔들었다.

"싫어. 안 되면 여기서 매형이랑 같이 잘 거야. 여기서 학교도 갈 거고."

한유진이 이마를 찌푸렸다.

"쪼그만 게 고집은……."

한유진이 한숨을 가볍게 쉬면서 한서영을 바라보았다.

"강호는 내가 좀 더 가르칠 테니까 언니는 매형이랑 같이 그 검사님 뵙고 와."

한서영이 생긋 웃었다.

"올 때 맛있는 거 사올게."

한유진이 대답했다.

"올 때 치킨 한 마리하고 맥주나 사와."

방안에서 두 명을 가르치다 보니 갈증이 나는 한유진이었다.

한서영이 방긋 웃었다.

"그럴게."

한서영이 말을 하고 김동하를 보았다.

"외출준비하고 기다려. 나 옷 갈아입고 올 테니까."

한서영의 말에 김동하가 머리를 끄덕였다.

"알겠습니다."

김동하의 대답을 들은 한서영이 몸을 돌렸다.

이내 한서영이 안방으로 걸음을 옮겼다.

김동하와의 산책을 겸한 오붓한 외출이 아니라 중요한 사람을 만나야 하는 자리였기에 제대로 옷을 갖춰 입을 생각이었다.

더구나 작은아빠를 만나서 김동하와의 관계를 부모님이 허락했다는 것을 알려야 하기에 대충 걸쳐 입고 나갈 수는 없는 일이었다.

안방으로 돌아간 한서영은 서둘러 옷장 문을 열고 자신의 옷을 고르기 시작했다.

김동하가 단출한 차림으로 거실로 나오자 냉장고 옆에서 졸고 있던 포메라니안 유진이 김동하의 곁으로 쪼르르 달려왔다.

멍!

김동하가 포메라니안 유진을 단숨에 안아들며 입을 열었다.

"하하 유진이냐? 그러고 보니 너랑 놀아준 지도 꽤 오래되었구나."

김동하의 말이 끝나기도 전에 김동하의 방문이 열렸다.

"나 불렀니?"

한유진이었다.

거실로 나간 김동하의 목소리 중에 유진이라는 말이 섞여 있었기에 자신을 부르는 것으로 착각한 것이다.

한유진이 김동하의 품에 안겨 새빨간 혀를 절반쯤 빼물고 자신을 빤히 바라보고 있는 포메라니안을 보며 이마를 찌푸렸다.

"정말 걔 이름 안 바꿀 거야?"

김동하가 웃었다.

"유진은 좋은 이름입니다. 유진누님."

"아이 씨 정말……."

김동하를 쏘아보는 한유진의 눈빛은 처음과는 달리 살짝 힘이 빠진 느낌이 들었다.

김동하의 능력과 천재성을 확인하고는 자신이 김동하를

이길 수 없다는 것을 어느 정도 실감하고 있었기에 맥이 빠져버린 것이다.

잠시 후 한서영은 몸의 굴곡이 완전히 드러난 하얀색의 원피스를 걸치고 안방에서 걸어 나왔다.

긴 머리칼을 등으로 늘어트리고 손에는 원피스와 같은 색의 흰색 손가방이 들려 있었다.

목덜미의 우아한 곡선이 그대로 드러난 원피스는 길이가 짧아 한서영의 허벅지가 절반이나 보였기에 김동하의 얼굴에 놀란 표정이 떠올랐다.

김동하가 보기에는 어디에 눈을 두어야 할지 모를 정도로 뇌쇄적이고 치명적인 복장이다.

마치 누군가를 유혹하는 듯 너무나 관능적인 모습이었기에 김동하가 당황했다.

옷을 갈아입은 언니의 모습을 본 한유진이 놀란 듯 입을 벌렸다.

"와! 언니 정말 어울리네."

자신이 골라준 원피스였지만 한서영이 단 한 번도 입지 않았던 옷이었다는 것을 단번에 알아버린 한유진이었다.

한서영으로서는 병원에 이런 복장으로 출근할 생각도 하지 않았고 누군가의 눈요기가 되기 싫었기에 절대로 입지 않을 것이라고 생각한 옷이었다.

하지만 지금은 곁에 김동하가 있었기에 이런 옷을 얼마든지 입어도 상관없다고 생각한 모양이었다.

한서영이 생긋 웃었다.

"어울리니?"

한유진이 머리를 끄덕였다.

"응, 진짜 언니랑 싱크로율 100퍼센트야. 어쩜 이렇게 어울릴 수가 있지?"

한유진의 눈에는 언니 한서영이 잡지에서 보던 모델처럼 보였다.

그렇지 않아도 예쁜 몸매에 질투가 날 정도로 아름다운 언니에게 마치 날개를 달아준 것과 같은 모습이었다.

김동하가 끼어들었다.

"저는 보기가 좀 민망합니다."

한서영이 웃으면서 입을 열었다.

"윤검사님 말고도 우리한테 중요한 분을 함께 만나서 인사를 드려야 하니까 이렇게 입은 거야. 그리고 내 옆에 동하가 없었다면 나도 이런 옷을 고르지는 않았을 거야."

한유진이 눈을 깜박이며 물었다.

"검사님 말고 다른 사람도 만나?"

한서영이 살짝 얼굴을 붉히며 대답했다.

"작은아빠도 함께 만날 거야. 윤검사님과 작은아빠가 친구 사이였다는 거 너도 알잖아?"

한서영이 황실옥에서 일어났던 일을 가족에게 설명하던 와중에 윤경민 부장검사와 작은아빠가 친구사이였다는 것이 드러나서 모든 식구들이 알고 있었다.

"뭐?"

한유진이 놀란 듯이 눈을 치켜떴다.

한서영이 담담한 얼굴로 말을 이었다.

"작은아빠에게 엄마와 아빠가 나와 동하를 인정했다고 말씀드릴 거야. 나중에 서운하다고 하실지 모르니 아예 미리 말씀을 드리는 것이 좋겠어."

설명을 들은 한유진이 머리를 끄덕였다.

"그건 그렇지. 그렇지 않아도 전에 아빠가 사업자금 때문에 조금 힘들었을 때 미리 말씀해 주지 않으셨다고 무척 서운해 하셨는데, 언니랑 형부가 결혼할 사이라는 것까지 말씀드리지 않으면 아마 우리 집에 배신감을 느끼실 거야."

한서영이 생긋 웃었다.

"그래서 이렇게 옷을 입은 거야. 새 신부처럼 보이려고."

말 그대로 한서영의 지금 모습은 집안의 어른들에게 혼례 인사를 드리러 가는 새신부의 모습처럼 보였다.

한유진이 손으로 입을 가리고 웃었다.

"호호호 진짜 새 신부 같네. 아예 이참에 오늘밤 신방 차리는 건 어때?"

김동하가 손으로 입을 가리며 헛기침을 했다.

"험."

김동하의 얼굴도 살짝 붉어진 모습이었다.

한유진과 미래의 어느 날 부부의 연을 맺기로 약속을 했

지만, 자신의 신부가 될 한서영의 모습을 보는 순간 가슴
이 두근거릴 정도로 너무나 매혹적이라는 것을 그제야 실
감했다.

거실에서 들리는 웃음소리에 책을 보고 있던 한강호가
거실로 나왔다.

한강호의 눈에 거실에 서 있는 큰누나 한서영의 아름다
운 모습이 들어왔다.

"어? 큰누나. 엄마 같네?"

한서영이 눈을 껌벅였다.

"엄마라고?"

한강호가 머리를 끄덕였다.

"응, 오늘 학교에 갔다가 돌아오니 엄마가 동창회 간다
고 치장을 했는데 그때 입고 간 옷이 큰누나 옷이랑 비슷
해. 작은누나도 알잖아. 엄마 옷장에 있던 노랑색 옷 말이
야. 그거 입고 갔어. 그러고 보니 엄마랑 큰누나랑 얼굴도
닮았고 몸매도 닮았네. 근데 큰누나 옷이 엄마옷보다 조금
더 짧은 것은 알겠어."

듣고 있던 한유진이 눈을 치켜떴다.

"엄마가 그 옷을 입고 나갔다고?"

한유진도 엄마의 옷장에 들어있던 노랑색의 원피스를 알
고 있었다.

젊은 시절 엄마가 입었던 옷이라는 말을 들었고 자신도
입어보았던 기억이 있는 옷이었다.

웬만한 미모나 몸매가 아니라면 그런 옷을 걸칠 엄두가 나지 않을 정도로 세련된 느낌의 원피스였다.

한유진도 엄마의 그 옷을 빌려 입고 대학축제에 참가했다가 주변에서 같이 사진을 찍자고 요청이 쇄도했던 옷이었다.

한유진이 손으로 입을 가리며 웃음을 터트렸다.

"호호호 형부 때문에 젊어지신 것을 엄마 동창들에게 자랑하려고 하셨나봐. 호호 동창회 회장이 어떻게 되었을지 눈에 선해, 까르르르. 은애 아주머니에게 당한 것 복수하실 생각이셨나 보네. 호호."

한유진은 예전에 동창회에 나가서 씩씩거리며 돌아오신 엄마가 제대로 복수를 하기 위해서 과거에 입었던 그 옷을 입고 나간 것이라고 이미 파악하고 있었다.

한강호가 큰누나 한서영을 보며 입을 열었다.

"큰누나도 엄마 보면 놀랄 거야. 지금 큰누나랑 엄마랑 같이 있으면 누가 엄만지 구분이 안 될 정도거든."

한서영이 생긋 웃었다.

"그랬니?"

"큰누나 무지 예뻐. 엄마는 엄마대로 예쁘고."

한강호는 큰누나 한서영이 엄마와 구분이 안 될 정도로 예쁘다는 것을 인정하고 있었다.

어려서부터 누나들의 손에 의해 키워졌다고 할 정도로 치마폭에 쌓여 자라왔던 탓에 숫기가 없는 한강호였지만

예쁘고 아름다운 것은 확실하게 구분할 줄 알았다.

한서영이 한강호의 머리칼을 손으로 흔들었다.

"나중에 용돈 많이 줄게. 큰누나 예쁘다고 해줘서 고마워."

한강호가 흰 이를 드러내며 웃었다.

"매형이랑 잘 다녀와."

"그래."

한유진이 끼어들었다.

"언니, 구두도 그때 같이 산 거 신어."

한서영이 머리를 끄덕였다.

"그럴 거야."

한유진이 한서영에게 반 강제로 사준 옷이었기에 구두까지 그야말로 깔 맞춤을 해준 패션아이템이다.

샌들처럼 끈으로 이어진 하얀색의 굽 높은 구두는 발목에 버클이 달린 끈으로 채워지게 되어 있었다.

이내 한서영이 구두를 찾아 신자 김동하가 살짝 머리를 흔들며 따라 나섰다.

남자가 여자의 옷에 가타부타 관여하는 것은 그다지 사내답지 못한 행동이라고 생각하고 있었던 김동하였다.

그러나 그로서도 지금의 불안하게 보이는 한서영의 옷차림이 그다지 좋게 보이지 않았다.

자신이 아닌 다른 남자들에게 괜한 눈요기가 될 것 같은 모습이었기에 그것이 영 마땅치 않은 것이다.

김동하는 그것이 자신 혼자만의 여자를 가졌다고 생각하는 남자들만의 이기심 때문이라는 것을 미처 깨닫지 못하고 있었다.

한서영과 김동하가 나란히 아파트를 나섰다.

늦여름의 노을이 짙게 깔려 있는 오후 6시가 갓 지나고 있는 시간이었다.


"그자가 말한 곳이 여기인가?"

황실옥의 주차장 건너편에서 40대 후반의 사내가 고기를 굽는 냄새가 흘러나오는 황실옥을 차가운 눈빛으로 쏘아보고 있었다.

170cm가 넘지 않을 것 같은 체구였지만 등을 진 사내의 모습에서는 말로는 설명하기 힘든 묘한 기운이 피어나와 선뜻 다가서기 힘들게 만들었다.

조명이 환하게 켜진 황실옥의 내부는 식사를 하는 사람들로 붐비고 있었다.

비록 늦여름이긴 하지만 삼복의 더위에는 차마 미치지 못할 정도의 더위가 남아 있는 날씨가 지금의 날씨다.

사내는 조금만 소매가 길어도 땀이 줄줄 흐를 것 같은 더위에도 정강이까지 내려오는 여름용 코트를 걸치고 있었다.

두 손을 코트의 호주머니에 찔러 넣고 얇은 입술을 질겅이는 사내의 얼굴은 무척이나 차갑고 냉혹해 보였다.

약간은 강퍅해 보이는 두 뺨과 매부리진 콧날 그리고 각진 턱은 보는 사람들로 하여금 저절로 섬뜩함을 느끼게 만들 정도로 음험해 보였다.

이마 앞쪽으로 흘러내린 머리칼 사이로 설핏 보이는 두 눈은 검은색과 회색의 느낌이 섞여 있는 듯했다.

그 눈빛과 시선을 마주친다면 누구라도 단번에 위축감을 느낄 정도로 패도적인 느낌이었다.

나이는 40대 정도로 보였지만 입술을 잘근거릴 때마다 볼 살의 주변에서 만들어지는 우악스런 근육은 2, 30대의 젊은 사람들도 위축될 정도로 강력한 느낌을 만들어 주었다.

"영원히 다시는 마주할 수 없다고 생각했는데 하늘이 도와서 결국 그 흔적과 대면하게 되다니. 역시 천명의 운명은 내 편이란 말이지. 후후."

사내가 저녁노을이 번져가는 하늘을 올려다보았다.

"20대의 모습이라면 예전의 그 모습과 그다지 달라지진 않았을 것이겠군 그래."

살짝 어금니를 깨무는 사내의 눈에서 섬광처럼 녹색의 빛이 피었다가 사그라들었다.

그때였다.

주차장 한쪽에 세워놓은 검은색의 승용차에서 넥타이를 매지 않은 양복차림의 사내가 걸어 나오고 있었다.

황실옥을 바라보고 있던 사내와 같은 또래의 40대로 보이는 남자였다.

양복차림의 사내가 여름코트를 걸친 사내의 곁으로 다가왔다.

양복차림을 걸친 사내의 얼굴엔 이마에서 미간을 지나 오른쪽 뺨을 가르고 턱까지 이어진 징그러울 정도로 흉측한 긴 흉터가 만들어져 있었다.

아주 오래전에 만들어진 상처였는지 흉터에는 시뻘건 새살이 돋아서 굳어져 있었다.

누구든 사내의 얼굴을 대한다면 단번에 몸을 피할 것 같은 너무나 충격적인 모습이었다.

양복차림의 사내가 여름코트를 걸친 사내의 옆에 서면서 살짝 이마를 숙였다.

"인천의 태명회 회장이 직접 아버지와 만나서 담판을 짓자고 연락해 왔습니다. 어떻게 하실 겁니까? 아버지."

같은 40대의 나이로 보이는 모습이었지만 얼굴에 흉터가 새겨진 사내가 여름코트를 걸친 사내에게 아버지라 호칭하고 있었다.

황실옥을 바라보고 있던 여름코트의 사내가 힐끗 양복차림의 사내를 돌아보았다.

"곱게 말로 해서는 내놓지 않을 생각인 모양이로군?"

양복차림의 사내가 웃으면서 입을 열었다.

"가지고 있는 것이 많을수록 욕심도 더 많다는 것을 지난 10년 동안 충분히 겪었잖습니까?"

양복차림의 사내 말에 여름코트를 걸친 사내가 이를 악물었다.

"가지지 말아야 할 것을 가지고 있는 것들은 모조리 죽여버릴 것이다. 반드시. 그날 조금만 시간을 앞당겨 도깨비동의 암동에 도착했다면 천명의 주인은 동하 그 망종이 아니라 내가 주인이 되었을 것이거늘… 내가 가져야 할 것을 그놈이 가져가게 만들었으니 두 번 다시 그런 실수는 하지 않을 것이다."

한순간 여름코트를 입은 사내의 몸에서 얼음처럼 차가운 한기가 터져 나왔다.

그 때문에 여름코트를 걸친 사내의 옆에 서 있던 양복차림의 사내가 흠칫 뒤로 밀려났다.

양복차림의 사내가 이마를 찌푸렸다.

"천공불진을 지날 때 겪었던 빙막(氷幕)의 냉기가 더 짙어진 것 같습니다, 아버지. 그때 저만 없었다면 빙막의 기운이 아버지를 상하게 하지 못했을 것인데."

양복차림의 사내의 얼굴에 아쉬워하는 표정이 떠올랐다.

여름코트의 사내가 입술을 비틀며 차갑게 웃었다.

"그 덕분에 이 아비는 더 이상 늙지도 않고 이 모습을 유지할 수 있었지 않느냐? 그러니 계속 그것 때문에 이 애비에게 미안해할 필요는 없다."

황실옥의 주차장 쪽에 서 있는 두 40대의 남자는 김동하처럼 천공불진을 통해 500년 전의 조선에서 현재로 시공간의 벽을 넘어온 김동하의 둘째사숙 해진과 해진의 아들 권휘였다.

해진의 아들 권휘가 어금니를 깨물었다.

"여름이면 견딜 수 있다곤 하나 겨울이면 아버지도 힘들어 하시지 않습니까?"

두 사람은 김동하의 스승인 해원스님과 막내사숙 해인스님을 협박하여 완전히 파괴된 천공불진을 다시 조립하게 만들었다.

물론 해원스님이 처음부터 순순히 말을 따랐던 건 아니었다.

해원스님은 제자인 김동하를 위해서 그들의 요구에 절대로 할 수 없다고 하였다.

그러자 해진이 셋째사제인 해인스님의 팔을 잘라버리고 다리까지 끊어버리고 협박을 했다.

그러자 해인스님을 살리기 위해서 어쩔 수 없이 다시 천공불진을 재생하겠다고 약속했던 것이다.

다만 김동하과 천공불진에 들었던 것과는 달리 천공불진의 각 방위에 배치한 면경의 위치를 바꾸어 놓았다.

천공불진의 진계를 어찌 놓아야 한다는 것을 모르는 해진은 사형인 해원스님이 면경을 배치하는 것을 그저 지켜보는 수밖에 없었다.

천공불진이 열리지 않으면 해원사형과 해인사제를 죽여

버리면 그만이었다.

천명의 권능은 아깝게 차지하지 못하겠지만 그것으로 자신의 분통을 풀어낼 것이라고 생각했던 해진이었다.

면경의 방위가 바뀌는 것은 천공불진의 진계가 달라지게 만드는 결과를 초래한다.

그것으로 해진을 김동하에게서 따돌리게 될 것이라고 생각한 해원스님이었기에 진계를 바꾸는 것에 망설임이 없었다.

천공불진의 진계를 연다고 하여도 김동하와 같은 방향이 아닌 다른 방향으로 유도하게 만들 계획이었던 것이다.

그리고 그것은 기막힌 결과를 만들어 놓았다.

재생된 천공불진이 시공간의 틈을 다시 여는 것에는 성공을 하였지만 면경의 방위가 달라져 김동하와는 달리 지독한 한기로 가득한 공간을 지나야 했다.

세상의 모든 것을 얼려버릴 것 같은 빙막이 천공불진의 안에 존재했다.

해진과 함께 천공불진에 들었던 권휘는 그 가공할 한기를 견딜 수가 없었다.

빙막의 한기 때문에 아들이 죽어가는 것을 볼 수가 없었던 해진은 자신이 가진 무량기로 아들의 전신을 보호해야 했다.

그 때문에 정작 자기 자신은 빙막의 한기를 그대로 맞이할 수밖에 없었다.

결국 아들 권휘를 살리는 것에는 성공했지만 자신은 빙막의 한기를 운명처럼 안고 살아야 했다.

빙막의 한기가 가져다주는 후유증은 해진에게는 그야말로 업보와 같은 형벌이었다.

뜨거운 것을 느끼지 못하며 한여름 삼복더위 속에서도 자신의 몸속에서 커져가는 한기에 대응해야 했다.

빙막의 한기는 겨울에는 그 강도가 더 심해진다.

무량기로 한기에 대항해 보지만 어쩐 일인지 해진이 품은 무량기조차 빙막에서 얻은 한기에 동화되어가는 듯 차갑고 시린 느낌으로 변해갔다.

그 때문에 한겨울에는 아예 해진의 몸에 몇 겹의 두터운 옷을 걸쳐서 몸의 체온을 강제적으로 유지시켜야 했다.

그렇지 않다면 스스로 얼음덩어리가 될 정도로 한기의 강도는 매서웠다.

잘못된 천공불진의 후유증은 그것뿐만 아니었다.

김동하와 같은 시간의 공간이 열린 것이 아니라 김동하보다 10년이나 빠른 2009년대의 시간의 공간이 열린 것이었다.

김동하보다 뒤에 천공불진을 열었지만 해진과 권휘가 도착한 현실은 김동하가 도착하기 10년 전의 시간대였다.

그들로서는 10년 후에 이곳에 김동하가 도착할 것이라곤 꿈에도 생각하지 못했다.

오히려 자신들보다 먼저 이곳에 도착해 있을 것이라고

생각하여 김동하의 흔적을 찾았지만 김동하는 어디에도 없었다.

김동하의 흔적을 찾는 것은 무량기의 기운을 찾는 것으로 시작했다.

하지만 그 어디에도 무량기의 흔적은 남아 있지 않았다.

그제야 해진은 자신에게 천공불진을 재생해준 해원사형이 수작을 부렸다는 것을 알 수 있었다.

천공불진에는 수백 개의 면경을 사용한다.

그것의 방위는 치밀하게 서로가 이어져 있었다.

그렇기에 그중 몇 개의 방위를 틀기만 하면 김동하와 전혀 상관없는 공간이 열린다는 것을 그제야 알아차린 것이다.

방위를 달리한 천공불진은 빙벽의 한기뿐만 아니라 해진의 아들인 권휘의 얼굴까지 바뀌게 만들어 놓았다.

얼음벽을 통과하면서 권휘는 얼굴에 심각한 상처를 입었고 그것은 결국 지렁이 같은 상흔으로 남게 되었다.

해진은 사형인 해원스님이 죽이고 싶을 정도로 원망스러웠지만 지금에 와서는 다시 돌아갈 방법도 없었다.

자신들이 천공불진을 열고 사라지면 수하들에게 해원사형과 해인사제를 살려두지 말라고 해두었기에 돌아간다고 해도 해원사형과 해인사제를 다시 볼 일은 없을 것이었다.

김동하에게 결국 천명의 권능을 뺏을 수 없다는 것을 깨달은 해진은 아들 권휘와 함께 이곳에서 살아갈 방도를 찾았다.

그리고 그것은 대한민국의 어둠의 세계가 변하게 되는 계기가 되었다.

자신들이 가진 것은 현대의 사람들에게는 그야말로 초능력과 같은 해동무의 괴력이었다.

무량기와 함께 해동무를 펼치면 해진과 권휘를 당해낼 사람이 없었다.

김동하의 흔적을 찾기 위해 대한민국의 전역을 떠돌던 해진과 그의 아들 권휘가 이 땅에서 다르게 살 것을 결정하게 된 것은 부산이었다.

부산의 남포동을 세력권으로 하고 있던 두현파라는 조직의 두목 최두현의 조직을 박살냈다.

조직원들이 보는 앞에서 최두현의 팔다리를 부러트리고 널브러진 최두현을 얼음덩어리로 만들어 버렸다.

인간으로서는 감히 흉내 낼 수 없는 공포스러운 해진의 악귀같은 모습에 두현파가 모조리 항복을 해버린 것이다.

단숨에 두현파를 장악한 해진은 기세를 모아 서면의 양림파, 동래의 기철파, 온천장의 동인회, 해운대의 거영파를 장악함으로써 단숨에 부산의 모든 조직을 흡수해 버렸다.

조선은 과거와는 너무나 달라져 천국처럼 변해 있었다.

조선, 지금은 대한민국이라 불리는 이곳에서 해진과 권

휘는 천명을 놓친 대신 부와 힘을 거머쥔 어둠의 지배자로 살아갈 결정을 내린 것으로 천명을 놓친 허탈감을 달랠 생각이었다.

장장 10년에 걸친 시간동안 해진과 권휘는 서울과 인천 쪽을 제외한 모든 어둠의 세력을 암중에 장악해 나가기 시작했다.

그리고 그것은 그들에게 상상도 할 수 없는 세상을 보여주었다.

권휘가 아버지 해진에게 물었다.

"인천으로 가실 생각이십니까?"

해진이 고개를 끄덕였다.

"그래야지."

해진이 고개를 끄덕인 후에 이내 다시 황실옥을 바라보았다.

"무량기의 흔적이 드러난 이상 조급해 할 필요는 없겠지. 뭐 어차피 평생 이 모습으로 죽지도 않고 변하지도 않을 테니 천천히 찾아도 이상할 게 없어. 10년 만에 드디어 흔적을 찾아냈다는 것만으로 충분하니까 말이야."

해진은 신발이 닳도록 찾아다니던 김동하의 흔적인 무량기의 기운을 10년이 흐른 지금에서야 엉뚱한 곳에서 찾을 수가 있었다.

이곳 서초동 일대를 장악하고 있었던 뉴월드파를 손에 넣으려고 뉴월드파의 두목인 양재득의 소재를 수소문하다가, 응급차에 실려 병원응급실로 향하는 구급차의 안에서 무량기의 기운이 흘러나온다는 것을 알게 된 것이다.

그로서는 쇠신이 닳도록 찾아다니던 무량기의 기운이었다.

무량기의 기운은 자연의 기운과 완전히 동화되어 있는 기운이었기에 비록 구급차로 가려져 있다고 해도 무량기의 실체를 감출 수가 없었다.

그 때문에 단숨에 뉴월드파의 양재득이 자신과 아들이 그토록 찾던 무량기의 기운을 가진 사람에게 당했다는 것을 알 수가 있었다.

양재득의 패거리들을 몰래 병원에서 빼돌리는 것은 어렵지 않았다.

자신을 귀신처럼 두려워하는 부하들에게 병원에 입원해 있는 양재득의 패거리들을 데려오라는 지시를 내리면 그것으로 모든 것이 해결된다.

김동하에게 양재득의 패거리들을 넘겨받아서 역삼동의 남영종합병원에 입원시켜놓았던 윤경민 부장검사가 당황했던 것도 그것 때문이었다.

해진의 부하들이 몰래 빼돌린 것으로 인해 양재득의 패거리가 어디로 사라진 것인지 알지 못하게 된 것이다.

무량기의 기운은 무량기를 가진 사람이 아니라면 전혀 감지를 할 수 없는 기운이었다.

황실옥에서 무량기의 기운이 느껴지지 않는다는 것을 확

인한 해진이 몸을 돌렸다.

"가자. 나중에 다시 찾아와도 될 곳이니 한가할 때 이곳에서 기다려보면 언젠가는 만나게 되겠지."

해진의 말에 권휘가 머리를 숙였다.

"예! 아버지."

"태명회의 회장에게 받아낼 돈이 모두 얼마이냐?"

권휘가 대답했다.

"부평동의 유한컨티넨탈 호텔의 지분 전부입니다. 돈으로 환산하면 대략 1,200억 원쯤 될 것입니다 아버지."

아들 권휘의 말에 해진이 싸늘하게 웃었다.

"회장영감이 직접 나를 만나자고 할 만하군 그래."

얼음이 뚝뚝 떨어질 것 같은 해진의 목소리였다.

권휘가 재빨리 먼저 달려가 주차장 한쪽에 세워놓은 흰색의 승용차를 향해 손을 살짝 들었다.

그러자 승용차의 문이 벌컥 열리면서 운전석에서 잔뜩 긴장한 듯한 30대의 건장한 사내가 다급하게 내려섰다.

차에서 내린 운전사가 재빨리 승용차의 뒤로 돌아와 뒷문을 열었다.

딸칵―

문을 연 사내가 한 걸음 물러서서 긴장한 얼굴로 차문을 연 채로 대기했다.

승용차의 안에서 진한 가죽의 향이 흘러나왔다.

운전석에서 내려 뒷문을 열고 대기하고 있는 사내가 운

전하는 차는 먼지 하나 보이지 않는 신형 롤스로이스였다.

해진이 다가와 힐끗 사내를 바라보며 열려진 차의 안으로 들어섰다.

롤스로이스의 뒷좌석은 두 다리를 앞으로 모두 뻗어도 될 정도로 넓고 쾌적했다.

해진이 차에 오르자 운전석의 사내가 이번에는 조수석의 문을 열었다.

조수석으로 권휘가 차에 올랐다.

두 사람이 차에 타자 조수석의 문을 조심스럽게 닫고 이내 빠르고 운전석으로 돌아온 사내가 운전석으로 올랐다.

조수석에 앉은 권휘가 운전대를 잡은 사내에게 말했다.

"인천으로 가자."

"예! 사장님."

권휘의 얼굴을 직접 대면하면 얼굴에 생긴 흉측한 흉터 때문에 오금이 저릴 정도로 두려웠다.

더구나 권휘의 싸움실력은 권휘에게 직접 해동무를 전수한 해진이 아니라면 누구도 이길 수 없을 정도로 강하다.

강한 것뿐만 아니라 손속이 잔인하고 너무나 파괴적이었기에 수하들 중 권휘를 두려워하지 않는 사람이 없었다.

부르릉—

스르르르르르—

부드럽게 시동이 걸리더니 이내 해진과 권휘가 탄 롤스로이스가 천천히 황실옥의 주차장을 빠져나갔다.

황실옥의 앞쪽 도로에 올라서자 승용차는 작은 도로를 제법 빠르게 빠져나가서 큰 도로 방향으로 향했다.

롤스로이스가 황실옥을 떠나자 반대방향에서 한 대의 흰색 국산승용차가 황실옥의 주차장을 향해 들어왔다.

한서영이 운전하는 차였다.

김동하는 운전을 하는 한서영의 원피스가 자꾸만 허벅지까지 올라오자 어디에 눈을 두어야 할지 몰라 이리저리 눈을 돌렸다.

한서영은 김동하가 당황하는 모습을 보며 재미있다는 듯이 입가에 가득 미소를 머금고 있었다.

이내 한서영의 차가 황실옥의 주차장으로 들어섰다.

그리고 좀 전까지 해진과 권휘가 타고 온 롤스로이스가 주차를 해두었던 자리에 멈춰 섰다.

"도착했어."

"예!"

김동하가 살짝 붉어진 얼굴로 대답하고 차의 문을 잡고 열었다.

딸칵—

문이 열리는 순간 김동하의 얼굴이 천천히 굳어지고 있었다.

잔향처럼 남아 있는 너무나 익숙한 기운의 흔적을 바로 느낀 것이다.

"이것은……."

김동하의 눈이 부릅떠지고 있었다.

김동하는 조금 전까지 이곳에 머물고 있었던 해진이 남긴 무량기의 기운이 채 흩어지지 않고 있었던 것을 감지한 것이다.

무량기의 기운은 시간이 흐르면 자연스럽게 자연의 기운과 동화되어 흔적이 없이 사라진다.

그 때문에 조금만 늦었다면 아무리 김동하라고 해도 해진의 무량기를 감지하지 못했을 것이다.

김동하의 미간이 좁혀지고 있었다.

"정순한 듯하지만 정종의 무량기가 가진 기운이 아닌데… 차갑고 무언가에 의해서 기운의 본질이 바뀌어 있어. 이게 뭐지? 도대체 누가…….."

김동하가 주변을 두리번거렸다.

이곳에서 살아가며 처음으로 자신이 놀랄 정도로 강력한 기운이 있다는 것에 살짝 놀라는 김동하였다.

그로서도 설마 해진사숙이 자신처럼 천공불진을 통해 이곳으로 왔다는 것을 꿈에도 상상하지 못하고 있었다.

김동하는 자신이 감지한 기운이 정종의 무량기가 아닌 무량기와 성질이 비슷한 또 다른 변형된 기운이라고 생각했다.

설마 이곳 이 자리에 자신에게는 그야말로 천적과 같은 해진사숙이 있었을 것이라곤 전혀 생각지도 못했다.

김동하가 이질적이지만 어쩌면 무량기와 흡사한 기운을

느끼고 머뭇거리자 한서영이 차에서 내리며 입을 열었다.

"뭐하는 거야? 기다리시겠다. 들어가자."

윤경민 부장검사와 작은아빠 한동식은 이미 황실옥에 도착해 있을 것이었다.

그 때문에 마음이 바빠진 한서영이었다.

김동하가 굳은 표정으로 몸을 돌렸다.

평범한 기운이 아닌 이질적인 느낌이 섞여 있는 기운이었지만 김동하의 감각을 자극할 정도로 강력했다.

그에 김동하는 무언가 마음에 걸리는 석연치 않은 느낌이었다.

하지만 언제까지 여기 서 있을 수는 없기에 김동하가 한서영을 따라서 황실옥으로 향했다.

하얀 원피스를 걸치고 긴 머리를 등으로 늘어트린 한서영의 모습은 김동하의 염려대로 모든 사람들의 이목을 끌어당길 정도로 너무나 아름다웠다.

그런 한서영의 뒤를 따라 걸음을 옮기고 있는 김동하의 표정에는 여러 생각들이 복잡하게 어우러진 표정이 떠올라 있었다.

\* \* \*

"어서 오십시오. 오랜만입니다 미스터 데니얼."

자리에 앉아 있다가 급하게 일어선 한종섭이 깔끔한 양

복차림으로 손을 내밀었다.

한종섭의 앞에 서 있는 금발에 장신의 외국인이 놀란 얼굴로 한종섭을 바라보았다.

"전에 뵀었던 한종섭 사장님이 맞습니까?"

데니얼 엘트먼은 지난번 오더를 위해 방한해서 보았던 한종섭의 얼굴과는 완전히 달라진 모습을 보며 놀란 듯 눈을 껌벅였다.

데니얼 엘트먼의 옆에 서 있던 김유수 대리가 웃으면서 입을 열었다.

"하하 아까 공항에서 미리 말씀을 드렸잖습니까? 우리 사장님이 너무 젊어지셔서 직접 뵙게 되시면 놀랄 것이라고 말입니다. 틀림없이 우리 사장님 맞습니다."

미국에서 도착하는 데니얼 엘트먼을 공항에서 이곳 소공동의 리치호텔로 픽업해 온 김유수 대리가 다시 한 번 공항에서 했던 말을 상기시켰다.

데니얼 엘트먼이 놀란 얼굴로 눈을 껌벅였다.

"동양인들은 확실히 우리 서양인들과는 다르군요. 한동안 보지 않은 동안에 오히려 더 젊어지는 것 같습니다."

예전에는 50대 중년남자의 모습이었던 한종섭이 지금은 자신을 공항에서 픽업해 이곳까지 태워온 김유수 대리보다 더 젊게 보이는 것이 놀랍기만 했다.

한종섭이 빙그레 웃었다.

"미스터 데니얼도 건강해 보이십니다."

"하하, 칭찬 고맙습니다."

데니얼 엘트먼이 기분 좋은 표정을 지으면서 한종섭의 손을 잡았다.

두 사람이 마주앉은 곳은 데니얼 엘트먼이 한국에 체류하는 동안 머물 소공동 리치호텔의 객실이었다.

서진무역의 사무실은 을지로 6가의 지은 지 20년이 훨씬 넘은 낡은 건물의 3층을 통째로 사용한다.

60여 평의 사무실은 자재실과 영업부, 검사부 등이 함께 섞여 있었기에 외부인이 본다면 조금은 혼잡스러운 느낌이 들 수도 있었다.

또한 서진무역의 특성상 사장인 한종섭도 근무시간에는 거의 서진무역의 로고가 박힌 작업복을 입고 일을 하는 관계로 지저분한 상황이었다.

사방에 흩어진 계측기의 부속품들과 샘플, 수리의뢰가 들어온 제품 등 어떻게 보면 고물상처럼 느껴질 수도 있는 모습이었다.

하지만 그런 서진무역이 계측기 분야에서 만큼은 대한민국에서도 소문이 날 정도로 특별한 성과를 올리고 있다는 것이 놀라웠다.

한종섭은 미국의 레이얼 시스템의 아시아 담당자 데니얼 엘트먼이 중국의 난칭화학과의 큰 계약을 위해 중국을 방문한다는 소식을 들은 것이 보름 전이었다.

그렇지 않아도 한국의 한성화학에서 서진무역에 문의해

온 성분분석 계측기의 수요가 필요했던 한종섭은 세계적인 계측기 브랜드인 레이얼 시스템에서 아시아 담당자인 데니얼 엘트먼에게 중국에 방문하기 전 한국에 들러달라는 요청을 보냈다.

그에 한국의 서진무역과 한종섭과 관계가 나쁘지 않았던 데니얼 엘트먼은 중국을 방문하기 이틀 전에 한국에서 머물며 한종섭과 만나기로 약속한 것이다.

그리고 데니얼 엘트먼이 한국에 머무는 동안 그의 체류에 관한 모든 편의는 한종섭과 서진무역이 담당하기로 했다.

한종섭이 선택한 데니얼 엘트먼의 숙소가 바로 이곳 소공동의 리치호텔이었다.

데니얼 엘트먼은 레이얼 시스템에서 한종섭과 서진무역과의 거래가 제법 있었고 큰 규모는 아니지만 지속적인 오더가 주어지는 한종섭과 서진무역에 호의를 가지고 있었다.

그가 파악한 서진무역은 신용이 확실한데다가 다른 곳과는 달리 자체적인 AS처리가 가능할 정도로 확실한 기술까지 보유하고 있는 곳이었다.

간혹 서진무역을 통해 중국과의 AS를 해결하는 것으로 인해 레이얼 시스템 본사에서도 서진무역에 관한 호감도는 상당했다.

AS를 위해 긴 시간 비행기를 타야 하는 기술자들의 부담

을 덜게 해주고 한국인의 특성상 문제가 되는 부분을 단시간에 해결하는 문화가 오히려 레이얼 시스템에 도움이 되었기 때문이다.

아시아 쪽의 업무를 담당하는 데니얼 엘트먼으로서는 한국의 한종섭 사장과 서진무역에 말 그대로 절을 해도 모자랄 정도로 고마움을 느끼고 있었기에 한종섭 사장의 초청에 쉽게 응해주었다.

서진무역과 한종섭 사장이 아니었다면 매번 아시아 쪽으로 본사 기술자 팀을 파견해야 하는 번거로움을 감수해야 했을 것이다.

그것으로 인한 영업 손실은 데니얼 엘트먼에겐 꽤나 큰 부담으로 작용할 가능성이 높았다.

호텔의 객실에 마주앉은 한종섭과 데니얼 엘트먼이 미소를 머금고 서로를 마주보았다.

한종섭이 입을 열었다.

"중국의 난칭화학과 큰 거래가 있다고 들었습니다."

데니얼 엘트먼이 싱긋 웃으며 대답했다.

"약 6억불 정도의 계약을 하게 될 것 같습니다. 하하."

"하하 빅오더군요."

미국 뉴저지에 본사를 두고 있는 레이얼 시스템은 계측기 분야에서는 독일이나 일본과 쌍벽을 이룰 정도로 세계적인 기업이었다.

특히 전자계측과 화학계측에는 독일이나 일본보다 기술

적인 면에서 더 우위에 서 있다고 해야 했다.

오죽하면 전 세계 전자제품공장과 화학공장에서는 레이얼 시스템의 계측기를 사용하지 않고는 공장을 가동하지 못한다는 말까지 나올 정도로 유명세를 치르는 곳이었다.

특히 전자부품공장에 공급되는 정밀한 전자계측기는 한 대에 수천억 원의 비용이 들어갈 정도로 고가의 계측기도 생산한다.

그런 레이얼 시스템에서도 대한민국의 영세한 수입업체인 서진무역은 특별할 정도로 중요한 기업이었다.

데니얼 엘트먼이 주변을 둘러보다가 한종섭을 바라보며 입을 열었다.

"한국은 올 때마다 저를 놀라게 만드는군요. 이번에는 사장님께서 저를 놀라게 만드셨습니다. 하마터면 사장님께서 어린 친구를 대신 보낸 것으로 착각할 뻔했습니다."

데니얼 엘트먼은 아직도 한종섭이 젊고 건강해진 것에 놀라고 있었다.

한종섭이 빙긋 웃었다.

"열심히 운동하고 관리를 하다 보니 이렇게 되더군요. 제가 이렇게 변한 것을 보고 우리 사무실 직원들도 요즘 자기관리를 한다고 난립니다."

한종섭은 자신이 젊어지게 된 것이 사위인 김동하의 천명을 받았기 때문이라는 말을 할 수가 없었다.

그것이 알려지면 어떤 소동이 벌어지게 될 것인지 누구

보다 잘 알고 있는 사람이 바로 한종섭 사장 본인이었다.

한종섭의 말에 데니얼 엘트먼의 입에서 짧은 한숨이 흘러나왔다.

"휴~ 한사장님이 부럽군요. 오히려 시간을 거꾸로 흐르게 만드시는 것 같습니다. 동양인의 체질인지 모르겠지만……."

한종섭이 부드러운 시선으로 데니얼 엘트먼을 바라보며 대답했다.

"동양이나 서양이나 체질과는 상관이 없는 일입니다. 미스터 데니얼도 운동 같은 것을 꾸준히 하고 식사요법을 병행하면……."

한종섭의 말이 끝나기도 전에 데니얼 엘트먼이 머리를 흔들었다.

"저의 문제가 아닙니다."

"예?"

한종섭이 눈을 동그랗게 떴다.

그때였다.

"이것 좀 드시면서 말씀 나누십시오."

데니얼 엘트먼을 공항에서 이곳 호텔까지 픽업해온 서진무역의 김유수 대리가 두 잔의 커피를 타서 두 사람이 마주앉은 테이블에 내려놓았다.

"고맙소, 미스터 김."

"아닙니다."

김유수 대리가 민망한 듯 머리를 긁적였다.

한종섭이 김유수 대리를 보며 입을 열었다.

"고마워 김대리."

"아닙니다 사장님!"

김유수 대리가 공손하게 대답했다.

한종섭이 잠시 김유수 대리를 바라보다가 입을 열었다.

"미스터 데니얼과의 업무문제는 내가 진행할 테니 김대리는 이대로 퇴근해도 좋아. 그리고 오늘 수고했어. 내일은 좀 늦게 나와도 괜찮으니 돌아가서 푹 쉬어."

김유수 대리는 오늘 오후근무는 데니얼 엘트먼을 픽업하기 위해서 거의 업무를 보지 못했다.

하지만 미국에서 도착하는 데니얼 엘트먼을 맞이하기 위해 한종섭이 직접 공항으로 갈 수 있는 형편이 아니었기에 어쩔 수가 없이 그를 오후업무에서 빼준 것이다.

김유수 대리가 정중하게 머리를 숙였다.

"알겠습니다."

외국바이어들과의 업무는 사장이 직접 챙긴다는 것을 알고 있는 김유수 대리였다.

한종섭이 비즈니스 영어에 더 능통하다는 것도 이유가 되었지만 계측기에 대해서 전문가보다 더 해박한 지식을 가지고 있다는 것이 한종섭이 바어어들과 직접 소통하는 제일 큰 이유였다.

또한 가끔 까다로운 바이어들이 무리하게 요구하는 옵션

조선남자
朝鮮男子

에 대해 직접 결정을 내릴 수 있는 사람이 한종섭 본인이 었다.

그 때문에 해외의 모든 바이어들은 한종섭이 직접 상대를 했다.

김유수 대리가 정중하게 인사를 하고 이내 객실을 나섰다.

미국에서 도착하는 바이어를 맞이하기 위해 공항까지 갔다가 온 단순한 외근업무였지만 상대적으로 사무실에서 진행하는 업무보다는 피곤한 것이 사실이었다.

김유수 대리가 객실을 떠나자 한종섭이 머리를 돌려 데니얼 엘트먼을 바라보았다.

테이블에 놓인 커피향이 두 사람의 코끝으로 스멀스멀 흘러들어왔다.

하지만 데니얼 엘트먼은 커피 잔에 손을 대지도 않았다.

미국에서부터의 긴 여행이었기에 지칠 만도 할 시간이었다.

미국인들에게 피곤할 때는 커피보다 더 좋은 피로회복제도 없다는 것을 알고 있었기에 커피를 마실 생각을 하지 않고 있는 데니얼 엘트먼이 특이하게 보였다.

한종섭도 커피 잔에 손을 댈 생각을 하지 않고 약간 굳은 얼굴로 물었다.

"커피도 드시지 않고 무슨 일이 있습니까? 미스터 데니얼."

한종섭의 말에 데니얼 엘트먼이 씁쓸하게 웃었다.

"어쩌면 이번 중국의 오더를 마지막으로 레이얼 시스템이 해체되어 버릴지도 모르겠습니다."

"예?"

한종섭이 눈을 치켜떴다.

레이얼 시스템이 어떤 기업인가?

계측기 분야에서는 그야말로 최고의 글로벌 기업으로 인정받고 있는 곳이었다.

미국의 항공우주국인 NASA에서도 자체 설계한 계측기보다 레이얼 시스템의 계측기를 사용한다고 알려질 정도로 명성이 높은 곳이 바로 레이얼 시스템이었다.

그런 레이얼 시스템이 해체된다는 것은 전 세계 계측기 생산업체나 수요자 측에서는 발칵 뒤집어질 만큼 충격을 안겨줄 게 분명했다.

말 그대로 세계 최고수준의 정밀계측기 브랜드 하나가 사라진다는 것과 같다.

그것에 대한 손실은 수치로 감당할 수가 없을 정도였다.

한종섭이 급하게 물었다.

"무슨 일이 있는 것입니까?"

한종섭의 다급한 물음에 데니얼 엘트먼이 머리를 흔들며 입을 열었다.

"아마 조만간 본사의 시스템 정비팀만 남고 기업 자체가 해체될 것 같습니다. 이제 레이얼 시스템이란 글로벌기업

이 아닌 레이얼 시스템 테크니컬 컴퍼니라는 이름으로 변하게 될 겁니다. 100분의 1 규모 정도로 회사의 규모가 축소될 것이고 본사의 직원들도 시스템정비팀의 기술자 팀만 남고 나머지는 대부분 해고가 될 것입니다."

데니얼 엘트먼은 어두운 표정으로 말을 이었다.

"저도 이번 중국오더가 정식으로 체결되면 중국 측으로 납품하는 시스템설비 쪽에 저의 지분을 투자해서 레이얼 시스템과의 마지막을 준비할 생각입니다."

한종섭이 굳은 얼굴로 다시 물었다.

"어찌된 일인지 자세히 설명해 주시겠습니까? 레이얼 시스템 같은 거대기업이 해체된다니 영문을 알 수가 없군요. 단순하게 브랜드 가치만으로 따져도 상상하기 힘든 기업인데……."

데니얼 엘트먼이 쓸쓸하게 웃었다.

"외부에는 알려지지 않은 비밀사항인데 말씀드리지요. 어차피 한사장님이 아셔도 별로 상관없는 일이니까요."

"말씀해 보십시오."

한종섭이 신중한 얼굴로 데니얼 엘트먼을 바라보았다.

데니얼 엘트먼이 잠시 커피잔을 바라보다가 천천히 입을 열었다.

"현재 레이얼 시스템의 창업자이자 회장이신 토머스 레이얼 회장이 죽어가고 있습니다."

"뭐라고요?"

한종섭이 눈을 치켜떴다.

데니얼 엘트먼이 여전히 씁쓸하게 웃으면서 입을 열었다.

"토머스 레이얼 회장이 혈액암에 걸렸다는 것이 얼마 전에 알려졌지요. 단순한 빈혈로 생각했던 것이 빈혈이 아니라 혈액암이었습니다. 한사장님께서는 모르시겠지만 현 레이얼 시스템의 경영은 토머스 레이얼 회장의 동생인 로빈 레이얼 부회장이 전권을 집행하고 있는 중이지요. 불행하게도 토머스 레이얼 회장이 암으로 타계하면 레이얼 시스템의 경영권은 전부 로빈 레이얼 부회장에게 넘어가게 됩니다. 토머스 레이얼 회장의 유족으로는 레이얼 부인과 딸 에미뿐입니다. 두 분 다 기업경영에는 관심이 없는 분들이시죠. 아마 토머스 회장의 유산으로 10억불 정도의 재산을 물려받고 레이얼 시스템과는 영영 작별하게 될 겁니다."

"흐으음……."

"문제는 토머스 회장의 동생인 로빈 레이얼 부회장입니다. 욕심이 많고 사욕이 많은 사람이 바로 그 사람입니다. 근래 들어 레이얼 시스템에서 신제품의 출시가 늦어지는 것도 로빈 부회장의 지시로 시스템 설계 쪽에 투자가 전혀 이루어지지 않고 있기 때문이라는 것을 현 레이얼 시스템의 고위임원들이라면 누구나 알고 있는 사실이지요."

말을 마친 데니얼 엘트먼이 한숨을 불어내며 미지근하게

식어버린 커피 잔을 입으로 가져갔다.

데니얼 엘트먼이 싱긋 웃었다.

"저는 뜨거운 커피보다 이렇게 약간 식은 커피를 더 좋아합니다."

"……."

한종섭은 아무 말도 하지 않았다.

데니얼 엘트먼이 커피를 한 모금 마신다음에 커피 잔을 내려놓았다.

딸칵—

데니얼 엘트먼이 다시 입을 열었다.

"현재까지는 토마스 회장의 방침과 지시대로 전 세계에 글로벌 판매망을 형성하고 브랜드 위상에 집중하는 경영 전략을 고수했지만, 브랜드의 가치와 하드웨어 쪽의 비즈니스보다는 소프트한 금융권비즈니스에 관심이 더 많은 로빈 부회장이 레이얼 시스템을 해체하고 금융 비즈니스로 돌아서겠다는 것을 노골적으로 드러내고 있는 중이지요. 그 때문에 독일 쪽과 일본 쪽에 은밀하게 레이얼 시스템의 분산매각을 타진하고 있는 중입니다."

"벌써 그렇게 됐습니까?"

"아마 토마스 회장이 결국 혈액암으로 타계하면 그 순간부터 레이얼 시스템은 매각이 진행될 겁니다. 이사진들조차 로빈 부회장의 독단적 결정에 반기를 들 수도 없는 형편이고요. 알려지지는 않은 일이지만 레이얼 시스템의 지분은 토마스 회장과 로빈 부회장이 근 90% 이상을 차지하고 있으니 이사진들도 어쩔 수가 없을 겁니다."

한종섭의 눈이 커졌다.

"토마스 회장에게 얼마나 시간이 있는 것입니까?"

데니얼 엘트먼이 힘이 빠진 목소리로 대답했다.

"고작 두 달 정도 남았을 뿐입니다. 그 때문에 일부 임원들은 아예 해고통지를 받기 전에 미리 스스로 레이얼 시스템을 떠나고 있는 상황입니다."

"허어~"

한종섭의 입에서 탄식이 흘러나왔다.

잠시 무언가를 생각하던 한종섭이 물었다.

"만약 토마스 회장이 완전히 회복한다면 어떤 일이 벌어지게 됩니까?"

한종섭이 대답했다.

"레이얼 시스템의 총 지분 중 토마스 회장이 가진 지분은 70%가 조금 넘을 것입니다. 다만 회장의 유고시에는 지분 전부가 동생인 로빈 부회장에게 일임되게 되어 있지요. 만약 토마스 회장이 기적적으로 혈액암에서 완치가 된다면 레이얼 시스템을 해체할 생각을 가지고 있던 로빈 부회장이 스스로 물러나든지 아니면 형인 토마스 회장에게 해임통고를 받든지 할 겁니다."

"그래요?"

한종섭의 눈이 반짝였다.

한종섭의 머릿속에 한 사람의 얼굴이 떠오르고 있었다.

그것은 자신의 큰딸 한서영의 배필이자 유일한 자신의 사위 김동하의 얼굴이었다.

한종섭의 가슴이 살짝 떨리고 있었다.

한종섭이 데니얼 엘트먼의 얼굴을 바라보며 물었다.

"혹시 토마스 회장의 병을 낫게 만들어 주는 기적이 있다면 그것을 믿어볼 생각이 있소?"

"예?"

데니얼 엘트먼의 얼굴이 굳어지고 있었다.

한종섭의 입가에 묘한 미소가 흘렀다.

〈다음 권에 계속〉

어울림 **BOOKS**
# 신인 작가 대모집!

어울림 출판사는 무한한 상상력과 뜨거운 열정을 가진 작가 여러분을 기다리고 있습니다.
창작에 대한 열의가 위대한 작품으로 꽃피울 수 있도록 저희 어울림 출판사가 여러분의 힘이 돼 드리겠습니다.

## 지금 도전하십시오!

**모집 분야** : 판타지, 역사, 무협, 로맨스 등
**모집 대상** : 아마추어, 인터넷 작가등 열정을 가진 모든 작가
**모집 기한** : 수시 모집
**작품 접수 방법** : 당사 네이버 카페 또는 이메일을 이용해 주십시오.

파일 형식은 제한이 없으나 원활한 원고 검토를 위해 '.HWP' 형식
으로 보내주시고, 파일에 연락처도 함께 기재해주시면 됩니다.

채택된 작품은 정식 계약을 통해 출판물로 간행됩니다.
간행된 출판물은 당사의 유통망을 이용하여 전국 서점으로 배포됩니다.
※ 문의 사항은 네이버 카페(http://cafe.naver.com/oulim0120)를 이용하시기 바랍니다.

경기도 고양시 일산동구 장항동 43-55 성우사카르타워 801호
어울림 출판사 신인 작가 담당자 앞
**전화** 031) 919-0122 / **E-mail** 5ullim@daum.net